跨文化中国学丛书

小说的诗性世界

跨文化中俄小说研究

程正民 著

商务印书馆
The Commercial Press

图书在版编目(CIP)数据

小说的诗性世界：跨文化中俄小说研究 / 程正民著.
北京：商务印书馆，2024. --(跨文化中国学丛书).
ISBN 978-7-100-24318-6

I. I207.4；I512.074

中国国家版本馆 CIP 数据核字第 2024717RJ0 号

权利保留，侵权必究。

跨文化中国学丛书
小说的诗性世界
跨文化中俄小说研究
程正民　著

商　务　印　书　馆　出　版
（北京王府井大街36号　邮政编码100710）
商　务　印　书　馆　发　行
北京新华印刷有限公司印刷
ISBN 978-7-100-24318-6

2024 年 11 月第 1 版　　　开本 880×1230　1/32
2024 年 11 月北京第 1 次印刷　印张 6
定价：42.00 元

教育部人文社会科学重点研究基地重大项目
"跨文化视野下的民俗文化研究"

青海省人民政府-北京师范大学高原科学与可持续发展研究院与
北京师范大学跨文化研究院"丝路跨文化研究"重大项目
（项目批准号：19JJD750003）
综合性研究成果

中国文化书院跨文化研究分院
北京师范大学跨文化研究院敦和学术基金
资 助 出 版

跨文化中国学丛书

编辑委员会

主　编

陈越光　董晓萍　〔法〕金丝燕

编　委

乐黛云　陈越光　陈方正　王　宁　〔法〕金丝燕

〔法〕西班牙（Michel Espagne）　刘梦溪

王邦维　董晓萍　王一川　周　宪　陈　明

〔英〕白馥兰（Francesca Bray）　〔法〕白乐桑（Joël Bellassen）

李晓西　李国英　李正荣　〔日〕内田庆市

宋永伦　王　宾　〔比〕巴得胜（Bart Dessein）

总　序

"跨文化中国学丛书"由中外学者共同撰写,体现跨文化视野下的中国文化在世界现代进程中的复杂现象、理论与方法的多个侧面。这些著作有一个基本共识,就是外部世界一直在变化,但对中国学的研究,从历史性、主体性与共享性出发,确认跨文化认知对解释社会文化问题的积极作用,主动开展文明对话与文明互鉴,注重宏观思考与个案结合,可以阐释中国文化的现代价值与未来意义。

跨文化中国学不是着眼具体方法的变化,而是着眼一种理论系统的转变。它不是发现中国文化是什么或不是什么,而是研究中国文化如何向世界展示那些有机的、活跃的、包容的、有效的特质。在这批著作中,这种理论系统虽被阐述为一种"史"的形态,但不是纯粹按照内部逻辑发展的结果,而是在外部世界对中国的好奇、兴趣,以及全球秩序和中国治理的冲突与和解中,提供空间并存的研究,研究的范畴涉及政治、社会、经济、哲学、教育、文学、艺术、科技、公益、医药文化,等等。

这是一个没有"中心"也没有边界的研究,要求把书斋理论与社会实践都看作研究对象,对跨文化交流与中国文化研究中的问题进行思考,然后由文化主体对外部世界加以判断。

中外文化差异很多,而跨文化中国学极大地丰富了也复杂化了这方面的研究。它让当代中国人看到单一化研究的重重困境,同时也看到多样化与主体化共生的发展前景。

"跨文化中国学丛书"编委会

2023年12月29日

目 录

前言——深入探寻小说的诗性世界 …………………………………1

第一章 小说的场面 …………………………………………………10
  一、什么是小说的场面 ……………………………………………10
  二、场面对于推动情节和表现人物的作用 ………………………12
  三、大场面和小场面的作用和关联 ………………………………18
  四、场面的描写和作家的创作风格 ………………………………24

第二章 小说的声调 …………………………………………………33
  一、小说和音乐的内在联系 ………………………………………33
  二、小说叙述者的声调和人物的声调 ……………………………36
  三、小说的声调和小说的结构 ……………………………………42
  四、小说的基调和小说的整体风格 ………………………………46
  五、小说的声调和小说风格的形成 ………………………………51

第三章 小说中的色彩 ………………………………………………56
  一、小说的语言色彩、人物色彩和自然风景色彩 ………………57
  二、小说色彩的结构张力：多样、对比、主次与统一 …………62
  三、小说色彩的社会文化因素和个体情感因素 …………………69

v

第四章　小说的自然风景 ····· 73
一、小说自然风景描写的历史演变 ····· 73
二、小说自然风景描写的功能 ····· 76
三、小说自然风景描写的民族特色和个人风格 ····· 83

第五章　小说的人物肖像和人物行为方式 ····· 92
一、小说的人物肖像描写 ····· 93
二、小说的人物行为方式描写 ····· 101

第六章　小说的时间和空间 ····· 109
一、现实的时空和小说的时空 ····· 109
二、巴赫金的艺术时空体理论 ····· 117

第七章　小说中的插叙：抒情插笔和闲笔 ····· 129
一、俄罗斯小说中的抒情插笔 ····· 130
二、中国古代小说中的闲笔和诗词抒情插笔 ····· 137

第八章　小说的陌生化手法 ····· 147
一、什么是陌生化手法 ····· 147
二、小说陌生化手法三例 ····· 153

第九章　小说中的民俗 ····· 163
一、小说民俗事象描写及其艺术功能 ····· 163
二、俄罗斯小说的民俗描写和功能 ····· 167
三、中国古代小说的民俗描写和功能 ····· 173
四、中国现代文学的民俗描写和功能 ····· 178

后　记 ····· 182

前　言
——深入探寻小说的诗性世界

　　小说的诗性世界是多层面、丰富多彩且具有无穷蕴味的,而实际上我们所理解的小说的诗性世界往往是比较简单的。以往的文学理论教科书或文艺评论谈起小说的构成因素,主要围绕着小说的人物、情节和环境三大要素,对小说的分析主要也是从这三方面展开。这固然抓住了小说的主要构成因素,但也把无限丰富、精彩的小说的诗性世界解读得比较狭窄、干巴,让人无法充分领略小说塑造的精彩世界,了解小说深厚的底蕴。一些文学理论课大都只强调理论性,一些文学史课也只讲时代背景、人物分析、主题思想、写作特点,大都很少涉及具体作品的分析。这种文学理论课和文学史课讲下来,学生背了一大堆理论,也学了不少文学史知识,但还是不会具体分析一部作品,很难深入小说丰富多彩的诗性世界,这种状况在20世纪60年代就被我国文艺界的有识之士发现了。就文学理论教学而言,周扬提出,应当包括基本理论、基本知识、基本训练三个方面,要培养学生独立欣赏和分析一部作品的能力。当年,我们也看到在大学课堂教学之外,文艺界的不少大师摆脱了课堂教学的条条框框,在社会上饶有兴味地、生动活泼地向大众讲解、分析小说作品。他们不是从理论出发，而是从作品实际出发，别开生面地把大家引入小说的诗性世界，让大家充分领略小说无穷的艺术魅力。如茅盾讲托尔斯泰小说的人物描写，王朝闻的《读〈复活〉的开篇》，唐弢讲托尔斯泰的《琉森》，黄药眠讲《论小说中人物的登场》。这些大师对小说的欣赏和讲解，为我们了解小说的诗性世界开辟了新的天地，也为我们的小说欣赏提供了新的启示。他们的做法告诉我们，要真正进入小说的诗性世界，不能从抽象的理论出发，而要贴近作品，要紧紧抓住小说的种种组成因素，从中领略小说的诗性世界。例如，他们善于抓住小说中人物的登场、小说的开篇等容易被读者忽略的因素，从中分析小说丰富的内涵。在他们看来，小说的世界是真实与虚构相融合的诗性世界，是多种构成因素有机融合的诗性世界，是外在因素和内在因素相互渗透的诗性世界，是井然有序和自由创造相互激发的诗性世界，是跨文化语境中形成的诗性世界。

1. 小说的世界是真实与虚构相融合的诗性世界

小说的诗性世界不同于我们生活的现实世界，其关键在于，它是作家通过一系列富有表现力的艺术手段创造出的艺术世界。因此，我们对小说诗性世界的把握，不能仅仅停留在小说写了什么，而要探索作家通过什么艺术形式和艺术手段再现了这样一个诗性的世界，这是我们把握小说诗性世界的关键。如果仅从内容出发，分析小说反映了怎样的生活，那将是索然无味的，而从小说的形式出发和切入，我们就可以了解作家如何借助各种艺术形式和艺术手法创造出了艺术的世界,并从中领略小说艺术的无穷魅力。举一个例子,现实生活中的老虎是凶猛的,是会吃人的,而艺术中的老虎形象却是可爱的、有生气的,是不吃人的。我们的艺术分析的关键不在于分析艺术家创造了一只什么样的老虎,而在于分析艺术家借助什么艺术手段和艺术形式,将吃人的老虎变成不吃人的老虎。

俄罗斯形式主义仅强调艺术特性、艺术手法,因此有忽视文化语境的弊病,但他们突出艺术特性和艺术手法,不失为把握小说诗性世界的一把钥匙。就拿他们津津乐道的"陌生化"艺术表现形式来说,谈的不光是形式问题,而是如何借助这种艺术形式更深刻地表现人生。托尔斯泰在小说《霍尔斯托梅尔》中就是通过一匹老马的陌生化的视角,把人类私有制的非人道本质展现得非常突出且具有艺术感染力。通过普通人的视角和马的视角来看待世界,其艺术效果是完全不同的,这就是小说的诗性世界、艺术的诗性世界的独特魅力。我们再三强调从艺术形式出发,从生活真实和艺术真实相融合的角度来把握小说的诗性世界,并不是不重视小说所表现的生活内容,而是为了更好地领略小说的诗性世界及其呈现的人生。

2. 小说的世界是多种构成因素有机融合的诗性世界

小说的诗性世界是丰富多彩的,是由多种因素构成的,我们只有具体地、深入地把握小说构成的各种因素,才能真正深入小说的诗性世界。可以说,小说的每一种构成因素都为我们了解小说的诗性世界打开了一扇窗，对小说各种构成因素及其联系了解得越真切、越深入，就越能深刻把握小说的诗性世界。

以往谈起小说的构成因素，一般只谈到人物、情节、环境，实际上，小说的诗性世界比我们理解的三大因素丰富得多、精彩得多。首先，就小说情节的分析而言，过往的研究仅仅涉及情节的开端、发展、高潮和结尾的发展过程，以及情节对于展示人物性格的作用等方面。实际上，对于情节的分析还应当涉及情节如何通过作品描述的场面来展开，小说中大大小小的场面描写对于情节的发展和人物性格的塑造发挥了怎样的作用，以及小说情节如何在一定的时间和空间展开等问题。就小说人物形象的分析而言，以往也只是探讨小说如何通过描写人物的语言和动作来表现人物的性格，至于人物肖像的描写、人物行为方式的描写，以及对于表现人物性格的作用很少涉及。其次，除三大因素外，小说的许多其他构成因素更是被我们忽略了，如小说的声调、色彩、插笔和闲笔以及民俗描写等内容，在小说艺术世界的分析中就很少被提及，而它们对于小说诗性世界的形成都是不可缺少的重要构成因素。就拿小说的声调来说，它不仅关系到人物情感和心理的表达，而且还关系到小说的结构、基调以及小说整体艺术风格的呈现。

尽可能地把握小说诗性世界构成的各种因素和各个层面，对于作家创作和读者接受，都有重要意义。作家对小说的各种因素和各个层面把握得越多，它所呈现的诗性世界就越丰富越精彩；读者对作家小说中的各种因素、层面挖掘得越深，便能更深入、更细致地领略小说的诗性世界。正如列夫·托尔斯泰所说："'只有当艺术家找到艺术作品所由其构成的那些较为细微的因素时'，那时,对读者的作用才能达到,并且在那种程度上得以实现。"①

3. 小说的世界是外在因素和内在因素相互渗透的诗性世界

小说的诗性世界是由多种因素构成的世界,也是各种因素相互关联、相互统一的世界。小说的诗性世界是外在因素和内在因素的统一、表层因素和深层因素的统一、明晰因素和隐含因素的统一、物的世界和心理世界的统一。就小说而言,人物的外貌、肖像、行动方式、言语和行动是外在的,而人物的心理活动、情感却是内在的。对于作家来说,要善于通过小说的外在因素、表层因素来表现小说内在的、深层的意蕴;对于读者来说,则要善于通过小说的外在因素、表层因素来深究小说内在的、深层的意蕴。在屠格涅夫《贵族之家》的结尾,主人公拉夫列茨基来修道院看望丽莎,两人擦肩而过,丽莎没有看他一眼,"只是朝他这一边的眼睛的睫毛却几乎不可见地战栗了,她的消瘦的脸面也更低垂了,而她的绕着念珠的、紧握着的手的手指,也互相握持得更紧了"。②丽莎在这次相遇中,看似尽量不动声色,但作家通过她那令人很难轻易觉察的脸部表情和手部动作,将她由于相遇而引起的情感波澜细致地表现出来,写得含而不露,意蕴无穷,让读者能够在有限的描写中展开自己的想象。在曹雪芹的《红楼梦》中,描写薛宝钗来探看挨打

---

① 转引自〔俄〕瓦·叶·哈利泽夫:《文学学导论》,周启超等译,北京大学出版社2006年版,第214页。
② 〔俄〕屠格涅夫:《贵族之家》,丽尼译,安徽人民出版社1981年版,第498页。

的贾宝玉,写宝钗"点头叹道:'早听人一句话,也不至今日,别说老太太、太太心疼,就是我们看着,心里也疼。'刚说了半句又忙咽住,自悔说的话急了,不觉的就红了脸,低下头来"。① 在这里,作者通过人物的一些外在不易觉察的话语、动作,把人物微妙的心理活动、人物情感和理性的冲突,充分生动地表现了出来。

人们常常喜欢探索小说中的诗意,思考什么是小说的诗性世界,其实小说通过外在因素、表层因素所表现出来的内在因素、深层因素,就是小说的诗意,即小说的诗性世界。小说的诗意并不完全表现为外在的语言美、风景美,更在于表现世界内在的美和人的内心世界的美。正如爱伦堡在评论契诃夫的小说时所说的:"契诃夫的诗不是外在的'诗性'——它不表现在形象的高调或浪漫上,不表现在景物描写的渲染上,不表现在华丽辞藻的堆砌上,它是在抒情性上,是在善良中,同时也在作者的心灵之美中。"② 作家在作品中如何表现深层的、内在的诗性世界,读者如何感受作品深层的、内在的诗性世界,这也是一个重要课题。

4. 小说的世界是井然有序和自由创造相互激发的诗性世界

小说的世界是有序、有规律可循的世界,其中包括人物形象的塑造和人物关系的安排、事件的布局和情节的发展、环境的营造,

---

① 〔清〕曹雪芹、高鹗:《红楼梦》(上),人民文学出版社1982年版,第449—450页。
② 〔苏〕伊利亚·爱伦堡:《重读契诃夫》,童道明译,北京燕山出版社2018年版,第99—100页。

以及叙述方式的运用和语言的表达，都遵循着一定的原则和规律，新老作家的创造都有一定的继承关系。同时，小说的世界又是一个自由创造的世界，小说创作的有序性同一切刻板的形式和教条毫无共同之处。创新是小说世界的生命，在作家那里，一切艺术内容、艺术形式、艺术手法都是独一无二的创造，都要随着时代的发展、文学的发展不断创新。从这个意义上讲，作家如果不在继承的基础上继续创新，就无法创造出真正富有诗性的小说世界，同样，读者如果不去理解作家艺术创新的意义，也无法真正把握小说的诗性世界。

以19世纪俄罗斯文学为例，这个时期的俄罗斯小说能取得震惊世界的辉煌成就，原因之一就在于俄罗斯作家具有在继承传统基础上不断创新的精神。在一个世纪中，他们不断地创作，将一大批崭新的小说呈现给读者，让读者充分领略小说诗性世界的无限丰富和精彩。普希金作为俄罗斯文学"一切开端的开端"（高尔基语），具有创造性和开放性的艺术思维，他的创作既不同于古典主义，也不同于感伤主义和浪漫主义，既摒弃古典主义的崇尚纯理性，又不同于浪漫主义对奇特世界的过分热衷，而是把真实性看成文学的基础，力求表现生活的多样性和人物性格的多样性。他的小说《叶甫盖尼·奥涅金》是诗和小说这两种迥然不同的文学体裁完美、巧妙的结合。托尔斯泰的创作是19世纪俄罗斯小说发展的高峰，他的长篇小说《战争与和平》冲破一切文学传统，创造出一种全新的长篇小说艺术形式，把史诗、历史小说和编年史诸多体裁形式的特点巧妙地融为一体，使作品具有复杂的层次、众多的人物形象和齐头并进的情节线索，广阔而自由地反映了错综复杂的现实生活。同时，又把冷静的叙述、诗意的抒情、激烈的议论和细腻的人物心理分析结合在一起,深刻而动人地展现出波澜壮阔的时代内容。小说艺术创新在陀思妥耶夫斯基的小说中也表现得非常突出,为了表现现实生活的新内容,表现病态、畸形的社会,表现人物的双重性格和内心分裂,他在小说中大胆表现人物的变态心理、潜意识和梦幻,并且采用一系列"奇特的小说形式",比如他对小说的情节中感兴趣的部分是骇人听闻的事件,常常通过情节的突然逆转来展示人物复杂分裂的心理。陀思妥耶夫斯基如果不进行艺术创新,就很难表现新的生活、新的人物,创造出小说全新的诗性世界。如果我们不了解作家对小说艺术创新的意图,也就很难接受他那种"奇特的小说形式",很难深入他的小说中独特的诗性世界。

5. 小说的世界是跨文化语境中形成的诗性世界

文学也好,小说也好,既是一种审美现象,也是一种文化现象,它们深深植根于文化之中。因此,小说研究和文学研究既要强调文学的审美特征,又要把文学和小说放在广阔的文化语境中加以分析。现在提出从跨文化的角度来探寻小说的诗性世界,看似很新颖,事实上同我们对于文学和文化关系的理解是一致的。

文化是小说的根基,小说内容和形式的各种构成因素,都同文化有着不可分割的联系。因此,要探寻小说的诗性世界就离不开文化的背景、文化的角度。更重要的是,文化不是以一种单一因素、单一形式影响小说的诗性世界,而是以多种因素和多种形式影响小说的诗性世界,小说的诗性世界正是在各种文化因素的渗透和对话中形成。从非审美文化的角度来看,作家们常常将科学、哲学、宗教、历史、神话、民俗代入小说的诗性世界,以提高小说反映生活的深度,提升小说对人生的哲理思索。就哲学对小说的影响而言,主要体现为作家的哲理追求,古今中外一切优秀的小说都有哲理意味,富有人生哲理。中国的儒、道、释哲学对于中国古代小说和现代小说都有很深刻的影响,而宗教对小说的影响主要不在于通过小说宣传宗教教义,而是作家在小说中进行宗教探索,表现出一种宗教情怀,如俄罗斯小说的宗教情怀就体现为作家善于从宗教的角度思考人生、灵魂和未来,以其深沉的忧患意识和强烈的救世精神震撼人的心灵。至于将民俗带入小说的诗性世界,小说中的民俗事象描写非常有利于小说更广阔和更深刻地表现社会生活,表现人民群众的喜怒哀乐和文化追求。再从审美文化对小说诗性世界形成的影响来看(这种影响十分明显),小说同美术、音乐、戏剧、电影这些审美文化之间的渗透和对话确实更加密切、明显。就小说和音乐的关系来看,小说的节奏和声调同小说的叙述、人物、结构、基调、风格,都有密切关系。再从小说和美术的关系来看,色彩也体现在小说描写的方方面面,比如小说中描写自然风景和社会风景的色彩,对小说诗性世界的形成起到了重要作用。

既然非审美文化和审美文化相互渗入和对话对小说诗性世界的形成有重要作用,那么提高作家和读者的文化素质、文化修养就显得至关重要,作家具有深厚的文化素养才能把小说的诗性世界表现得更加丰富多彩,读者也只有具备多方面的文化素养,才能更深入地领略小说的诗性世界。

第一章 小说的场面

一、什么是小说的场面

小说的诗性世界是多层面的、丰富多彩的,以往我们在分析小说诗性世界的构成因素时,抓住了人物、情节、环境等重要因素,但也忽略了其他一些重要因素,比如小说中对场面的描写。就构成小说诗性世界的三大因素——人物、情节和环境——而言,其实都离不开场面:人物需要通过场面来表现,情节需要通过场面来展开和推动,而环境也同场面不可分割。实际上,场面在小说诗性世界所占的位置和所起的作用,不亚于人物、情节和环境。既然场面在小说诗性世界中占有如此重要的地位,如果忽视场面这个小说构成的重要因素,就会影响我们对小说诗性世界的深入把握。场面似乎只是一个概念、一个构成因素,但抓住这个重要因素,对于我们深入发现和揭示小说的诗性世界具有重要意义。

场面不可忽视,但以往在各种文艺理论教科书、文艺理论著作和各种文学批评论文中,较少涉及对场面的研究,更谈不上对场面集中、深入的分析。我只在我的老师黄药眠先生的论文《论小说中人物的登场》中,读到他在谈到人物登场问题时,比较多地涉及场面一词和对场面的分析。文中他谈道:"当小说还是在比较幼稚的阶段,它只有一二个场面,只有三两个人物,只有一个简单的故事,所以处理起来也就比较容易。但到了后来，人物多了，场面和故事也复杂了，于是就发生了如何来处理这些题材的问题。"①在这里他是把场面和人物、故事一起看作小说构成的重要因素。这种看法此前很少见。论文通篇主要谈的是小说中人物的登场，其中也就谈到中外名著中人物登场的多种场面，如《水浒传》中李逵登场的场面，《三国演义》中曹操登场的场面，《红楼梦》中王熙凤登场的场面，以及巴尔扎克和托尔斯泰作品中人物登场的场面。而在谈到人物登场的场面时，他对不同场面在展开情节和表现人物性格方面产生的作用，进行了细致、精彩的分析。黄先生的论文也引起了我对小说中场面问题的兴趣和思考。

那么，什么是小说诗性世界中的场面？首先，要把场面同场所、环境区分开来，后者指的是诸如广场、会场、住所等生活环境和自然环境。场面就不同了，场面的另一种说法称"场景"，在现实生活中指的是在一定场合下的生活情景，如我们开会时的"热烈的场面"等。而在文学艺术作品中，场面有两层含义：一是，在戏剧、电影中，它指的是由布景、音乐和登场人物组成的景况；二是，在叙述类的文学作品中，它指的是情节发展过程中的基本单位，是由人物在一定时空中发生关系而构成的生活情景、生活画面，它要随着人物性格、人物关系的不断发展而不断转换。对场面的把握有如下几个要点：第一，场面是由一定时间和空间构成的场面，它既要体现出场面存在的空间特点，比如是破败的住房还是豪华的客厅。同时，它也要体现出场面存在的时间特点，大到它存在于哪

---

① 黄药眠：《论小说中人物的登场》，原载《光明日报》1950年12月16日，又见陆雪虎、黄大地选编《黄药眠美学文艺学论集》，北京师范大学出版社2002年版，第365页。

个时代，小到它处在一天中的哪个时段。场面除了要有明确的时空特点，还要围绕情节和人物关系营造出一种局势，一种气氛。第二，场面是情节的基本单位，情节是通过场面来展开和推动的，情节有时通过大场面集中展开，有时则通过小场面逐步展开。总之，场面是随着情节和人物关系的不断发展而不断转换。第三，场面的营造归根到底是用来表现人物性格和人物关系。小说的核心是人物，而人物性格通过场面中人物的语言行动、人物的关系和人物冲突来表现。离开作品的一个个场面，就谈不上人物形象的塑造。第四，场面具有关联性、连续性，小说中的一个个场面不是孤立的、毫无关系的，它是不断变化、不断转换的，但这种变化和转换都是围绕情节和人物。在小型作品中，通过一两个、两三个场面就可以展开情节，表现人物。在大型作品中，情节的展开和人物的表现，则需要通过大大小小一系列相互关联的、不断变化发展的场面来展现。

二、场面对于推动情节和表现人物的作用

场面对文学、小说的作用有二：一是推动情节的展开和发展，二是表现人物性格和人物关系。

情节是按照因果关系组织起来的一系列事件，它同人物的性格和人物之间的矛盾冲突相联系。情节由一系列事件组成，事件又需要由一系列场面来展现、推动。从这个意义上讲，场面是情节的基本单位。

情节的展开包括开端、发展、高潮和结尾整个过程，而这个过

程又是由一个个场面来展开。当然,每一个场面在情节发展中的地位和作用不尽相同,重要的场面对情节的发展起到关键性作用。对于重要的、关系大局的场面,作家总是要精心营造,其中包括人物性格和人物关系的描写、矛盾冲突的展现和气氛的渲染等。只有做好这一切,才能更好地表现作品的思想意蕴。

托尔斯泰的《安娜·卡列尼娜》中有一个安娜观看弗龙斯基赛马的场面,这个场面对于整个小说情节的推动、人物关系的发展至关重要。卢卡契在《叙述与描写》中,对比《安娜·卡列尼娜》与左拉《娜娜》中赛马的场面,指出,左拉笔下赛马的描写"可以说是现代赛马业的一篇小小的专论:赛马的一切方面,从马鞍直到结局,都同样无微不至地加以描写了……但是,这种精妙的描写在小说本身中只是一种'穿插'。赛马这件事同整个情节只有很松懈的联系,而且很容易从中抽出来。"而在《安娜·卡列尼娜》中,赛马场面描写所起的作用就完全不同了。卢卡契认为,"在《安娜·卡列尼娜》中,赛马却是一篇宏伟戏剧的关节……是一系列真正戏剧性的场景,是整个情节的关键。"[①] 为什么说托尔斯泰笔下的赛马场面是真正戏剧性的场景,是小说情节发展的关键?这就要从这个场面对于人物关系的变化和情节发展的意义来理解。托尔斯泰在这个场面中,不只是在叙述一个事件,而是通过赛马这个事件来表现作品中人物的命运,赛马场面同作品主要人物的命运相联系,它不仅引起作品主要人物命运的变化,也引起了作品人物关系的变化,从而推动小说情节的发展。托尔斯泰笔下这

[①] 中国社会科学院外国文学研究所 外国文学研究资料丛刊编辑委员会编:《卢卡契文学论文集》(一),中国社会科学出版社1980年版,第38—39页。

个赛马场面确实写得非常精彩,他虽然也详细描写了赛马的准备过程、赛马过程的紧张气氛,但全部重点则是放在主要人物对赛马的反应上,放在因赛马而引起的人物情感和命运的变化上。首先,对弗龙斯基来说,这场赛马并不是可有可无的,由于他同安娜关系的暴露和其他原因,导致他野心勃勃的军人生涯出现了问题,他试图通过在皇室和贵族社会面前取得赛马的胜利来改变自己的命运。于是,他为这次赛马做了精心准备,在赛马过程中也拼尽了全力,但最后还是堕马了,痛失了人生中一次重要的机会。其次,是安娜,就在赛马之前她已经知道自己怀孕了,并把这件事告诉了弗龙斯基,弗龙斯基的堕马对她的震动可想而知。在观看赛马时,安娜的心情非常紧张、复杂,她"全神贯注在飞驰的弗龙斯基身上",对整个赛程,对别人的命运视若无睹。当弗龙斯基翻下马时,"安娜大声惊叫了一声","她脸上起了一种实在有失体面的变化。她完全失去主宰了"。[①]可以说,弗龙斯基的堕马和安娜的失态意味着她生活的突变,她同弗龙斯基的关系完全公开化了。后来,在回家的路上,她情绪大爆发,向卡列宁承认了自己同弗龙斯基的关系。再说卡列宁,之前他已了解安娜同弗龙斯基的关系,但还想同安娜保持体面的关系。在赛马的过程中,安娜为弗龙斯基揪心,而他也让安娜"感觉到她丈夫冷冷的眼光在旁边盯着她"。赛马之后,安娜不情愿地跟卡列宁回家,马车上他指责安娜:"我不能不对你说今天的举动是有失检点的",却不希望分手,并承认也许自己错了,还请求安娜的原谅。但安娜此时情绪大爆

[①]《安娜·卡列尼娜》(上),《列夫·托尔斯泰文集》(第九卷),周扬译,人民文学出版社1992年版,第282—283页。

发，从容地说："你没有错。我绝望了，我不能不绝望呢。我听着你说话，但心里却在想着他。我爱他，我是他的情妇，我忍受不了你，我害怕你，憎恶你……随便你怎么处置我吧。"这时，安娜"仰靠在马车角落里，突然呜咽起来，用两手掩着脸"。而卡列宁没有动，"直视着前方。但是他的整个面孔突然显出死人一般庄严呆板的神色"。①至此，安娜同卡列宁完全决裂了。在托尔斯泰笔下，这个赛马的场面不仅是热闹紧张的，更是真正戏剧性的场景，是推动作品情节转折的关键。赛马场上的风暴和看台上人物内心的风暴相映照，不仅表现了人物的性格特征，而且还把主要人物的复杂关系推向了新的阶段。

场面除了可以推动情节发展，另一个重要作用就是表现人物性格。文学作品要表现生活就要塑造动人的艺术形象，人物性格的刻画永远是艺术创作的中心。在小说中，人物性格通过情节展现，情节是人物性格发展的历史，而情节又是通过场面展现，因此场面的营造对于人物性格的刻画至关重要。当然，不是仅通过一个场面就能完全展现一个人物的性格，人物的性格在小说中通过一个个场面逐步得到表现，并不断得到深化。从这个角度讲，作家向来很重视营造场面来展现人物性格。他们在场面的营造方面，不仅注重通过人物的动作和对话、人物之间的关系来表现人物，也很重视对场面整体氛围的把握。在具体做法上，可以从一个角度、一个视角表现一个人物的性格，也可以从不同角度、不同视角集中表现一个人物的性格。后者例如《红楼梦》第三回"接

---

① 《安娜·卡列尼娜》（上），《列夫·托尔斯泰文集》（第九卷），周扬译，第286页。

外孙贾母惜孤女"场面中对王熙凤这个人物的刻画。在《红楼梦》第二回"冷子兴演说荣国府"中,虽然对王熙凤已有概括的描写,说她"模样又极标致,言谈又极爽利,心机又极深细,竟是个男人万不及一的"。到了第三回,这种概括描写就化为具体描写,作家在一个场面中通过不同人物的视角,把王熙凤的性格具体化、形象化了。小说第三回写的是林黛玉第一次来到贾府会见她的外祖母、舅母和表姐妹的一个场面,这时王熙凤登场了。

  一语未了,只听后院中有人笑声,说:"我来迟了,不曾迎接远客!"黛玉纳罕道:"这些人个个皆敛声屏气,恭肃严整如此,这来者系谁,这样放诞无礼?"心下想时,只见一群媳妇丫鬟围拥着一个人从后房门进来。这个人打扮与众姑娘不同……一双丹凤三角眼,两弯柳叶吊梢眉。身量苗条,体格风骚。粉面含春威不露,丹唇未启笑先闻。黛玉连忙起身接见。贾母笑道:"你不认得他。他是我们这里有名的一个泼皮破落户儿,南省俗谓'辣子',你只叫他'凤辣子'就是了。"
  ……黛玉忙陪笑见礼,以"嫂"呼之。
  这熙凤携着黛玉的手,上下细细打谅了一回,仍送至贾母身边坐下,因笑道:"天下真有这样标致的人物,我今儿才算见了!况且这通身的气派,竟不像老祖宗的外孙女儿,竟是个嫡亲的孙女。怨不得老祖宗天天口头心头一时不忘。只可怜我这妹妹这样命苦:怎么姑妈偏就去世了!"说着,便用手帕拭泪。贾母笑道:"我才好了,你倒来招我。你妹妹远路才来,身子又弱,也才劝住了。快别再提了。"
  这熙凤听了,忙转悲为喜道:"正是呢。我一见了妹妹,一心都在他身上了,又是喜欢,又是伤心,竟忘记了老祖宗。该打,该打!"又忙携黛玉之手,问:"妹妹几岁了?可也上过学?现吃什么药?在这里不要想家。想要什么吃的、什么玩的,只管告诉我;丫头老婆们不好,也只管告诉我。"一面又问婆子们:"林姑娘的行李东西可搬进来了?带了几个人来?你们赶早打扫两间下房,让他们去歇歇。"

说话时,已摆了茶果上来。熙凤亲为捧茶捧果。又见二舅母问他:"月钱放过了不曾?"熙凤道:"月钱已放完了。才刚带着人到后楼上找缎子,找了这半日,也没有见昨日太太说的那样的,想是太太记错了?"王夫人道:"有没有,什么要紧。"因又说道:"该随手拿出两个来给你这妹妹去裁衣裳的。等晚上想着叫人再去拿罢,可别忘了。"熙凤道:"这倒是我先料着了。知道妹妹不过这两日到的,我已预备下了,等太太回去过了目好送来。"王夫人一笑,点头不语。①

这个场面出现贾母、王夫人、王熙凤、林黛玉和一群媳妇丫鬟等众多人物,但作家主要聚焦于王熙凤一人,通过人物的动作和对话,从不同角度突出这个人物的性格。王熙凤一登场就写她在众人敛声屏气时敢于人未到声先至,敢于放诞无礼,揭示这个人物的与众不同,彰显她自信、放肆的个性。接着贾母介绍她是有名的"泼辣货",既强化她性格的泼辣,又体现她有别于其他人,更深受贾母的宠爱。王熙凤称赞林黛玉时,一句"竟不像老祖宗的外孙女儿,竟是个嫡亲的孙女",表明她既讨贾母的喜欢,又暗示

---

① [清]曹雪芹、高鹗:《红楼梦》(上),第40—41页。

亲孙女和外孙女有别。当她谈到林黛玉母亲去世时,"便用手帕拭泪",一听贾母不愿涉及这一话题,忙又转悲为喜,从这个角度把这个人物的善于逢迎、心机极深,展现得淋漓尽致。在众多人物面前,她亲自捧茶捧果,当王夫人说到要替林黛玉裁衣的时候,她马上又说她早预备好了。这一连串动作,足见其泼辣、能干、周到、有心机,"竟是个男人万不及一的"。王熙凤出场的场面描写确实很精彩,它告诉我们,写好一个场面,除了通过描写人物一系列言行,更关键的是要拿捏好人物之间的关系,并通过人物关系来展示人物性格。人物关系写好了,场面写活了,人物性格自然就显示出来了。

三、大场面和小场面的作用和关联

　　一部小说由诸多大大小小的场面构成。小型作品只有三两个人物,一两个场面和一个简单的故事。大型作品就不同了,它要有众多人物,复杂的故事,也要有许多场面。在大型作品中,不仅场面多,而且在众多场面中也有大小场面之分。大的场面表现大的事件,对情节发展和人物性格起着重要作用。小的场面也不容忽视,它串联着故事情节并展示人物性格逐渐发展的过程。一部大型作品更是大小场面错综而成的,小场面凝聚成大场面,大场面则有力地推动故事情节的发展和人物性格的发展。在大型作品中,作家既要写好大场面,表现生活的大波澜,又要写好小场面,表现生活中细小的变化。这里需要探讨的问题是,作家如何写好关系作品大局的大场面,又如何写好、串联好大大小小的场面。

先说小说里的大场面。托尔斯泰《战争与和平》的开篇就是一个大场面,作家用了五章的篇幅展开描写。这个大场面是皇后的女官和亲信安娜·帕夫洛夫娜·舍列尔举办的一个晚会,彼得堡上层的达官贵人都来了,参加晚会的人很多,整部小说的重要人物都出现了。如何开篇对作品很关键,托尔斯泰为什么要用一个晚会作为大场面,并以此作为这部作品的开篇?他又是如何营造这个盛大晚会的?

以一个大场面作为长篇小说的开篇,其中涉及众多人物和事件,作者如果处理不好就会使作品显得松散、凌乱,无法引人入胜,抓住读者。在大场面的结构安排上托尔斯泰是动了脑筋的。首先,他把众多人物分成三组来叙述,"在男人占多数的一组里,神甫是中心人物。年轻人那一组的中心人物是瓦西里公爵的女儿——美人海伦公爵小姐和小博尔孔斯卡娅公爵夫人……第三组是以莫特马尔子爵和安娜·帕夫洛夫娜为中心。"①而这三个小组、这三个人群,都由晚会主人安娜·帕夫洛夫娜来联结、调动。她在客厅里走来走去,看到哪里冷场或哪里人堆太多,她就想把场面调动一下,使整个晚会自然运行起来。其次,整个晚会安排了几个话题,这就把大家的注意力集中起来了,其中如莫特马尔子爵讲拿破仑的逸事,如皮埃尔和众人关于对拿破仑看法的争论。由于作家的精心营构和安排,一个庞大的晚会场面既有全场的鸟瞰,又有个别角落的特写,既看起来热热闹闹,又保持了井然有序。

那么,小说开篇的大场面描写能对整个规模宏大的长篇小说

---

① 《战争与和平》(一),《列夫·托尔斯泰文集》(第五卷),刘辽逸译,人民文学出版社1986年版,第14页。

起什么作用？作者精心营构的这个大场面是经过认真思考的，目的是为整个作品打底，在这个大场面中，已经开始露出战争与和平两大主题的端倪，初步显现主要人物的性格，以及通过交待人物的关系布下小说情节发展的线索。

首先，小说《战争与和平》开篇的大场面一开始就涉及战争与和平两大主题。通过研究托尔斯泰的三大长篇小说，我们发现开篇场面都与作品的主题密切相关。《安娜·卡列尼娜》开篇的场面写奥勃朗斯基和夫人多莉吵架，说奥勃朗斯基家里一切都乱套了，这象征着19世纪最后30年俄罗斯社会的重大变动，以及这种变动给社会带来的惶恐和不安。《复活》开篇的场面写的是城市春天的自然景象，一方面是春意盎然，大自然生气勃勃，另一方面是现实城市对自然生命的压抑和摧残，这种对社会的谴责为小说定下了基调。"战争"与"和平"是小说《战争与和平》的两大线索、两大主题。作家在小说开篇的大场面中就把这两大线索和两大主题显现出来。在盛大的晚会上虽然没有直接写到战争，但晚会一开头女主人舍列尔见到瓦西里公爵时劈头就说："您要是说没有战争，还袒护拿破仑，我就不认你这个朋友。"晚会上又谈到库图佐夫要当俄军总司令，安德烈要上前线打仗，而皮埃尔同大家关于对拿破仑看法的争论也占据了晚会言谈中的突出位置。总之，整个晚会已经笼罩着战争的阴影，为小说战争的线索和主题做了铺垫。同时，小说开篇的大场面也展现了彼得堡上流社会和平生活的方方面面，其中有贵族之间的争斗，有个人的请托，有为人做媒，也有家庭私事。这样一来，作家在作品开篇的大场面里就把小说两大线索、两大主题一手抓起来，拉开了战争与和平的序幕。

其次，作家通过开篇的大场面初步勾勒出一些人物的性格，或者说这些人物性格的某些侧面。其中如安德烈的高冷、尖锐、忧郁和对朋友的真诚,海伦的空虚、自我欣赏、外在美和内在丑的矛盾,还有安德烈夫人丽莎的活泼可爱、自我陶醉和幼稚。在这个大场面第一次出场的人物中,写得最突出的是皮埃尔,他是别祖霍夫伯爵的私生子,从小在国外生活,刚进入彼得堡的社交界。他身材高大且笨拙,性格则是"既聪明而又羞怯,既敏锐而又自若"①。在晚会上,他"不懂进客厅的礼节,不善于在客厅里说话",但"所有这些都被他的温厚、纯朴、谦恭的表情补偿了"。②在关于拿破仑的辩论中,他毫不顾忌地颂扬有关拿破仑的煽动性言论,使女官和贵族们大惊失色,但他"一副稚气、善良、甚至有点拙笨的表情,仿佛在请求饶恕"。③当女主人希望他改变意见时,他"一语不答,只是鞠躬,又一次向大家露出他的微笑,这微笑没有别的意思,只表示:'意见归意见,但是你们看我这个人多么善良,多么好。'所有的人,连同安娜·帕夫洛夫娜在内,都不由自主地感到这一点"。④在开篇的大场面里,皮埃尔的性格还不能完全从容展开,但作家用简单几笔就已经把这个人物性格中的某些侧面生动地勾勒了出来,不管后来皮埃尔经历了什么,性格有什么变化,都是顺着一开始展现出来的性格特点走下去。

最后,开篇的大场面通过人物之间关系的描写,也为之后小说人物关系的发展、情节的发展,提供了线索,埋下了伏笔。其中如皮埃尔对海伦的仰慕牵扯瓦西里公爵和别祖霍夫伯爵的关系,也

---

① 《战争与和平》(一),《列夫·托尔斯泰文集》(第五卷),刘辽逸译,第12页。
② 同上书,第32页。
③ 同上书,第30页。
④ 同上书,第33页。

预示这两个年轻人今后关系的变化。而安德烈对夫人丽莎的冷淡也是两人今后关系的预兆。再有，博尔孔斯基家、别祖霍夫家、库拉金家、瓦西里家，这些家族第二代（皮埃尔、安德烈、海伦、伊波利特）在开场场面的出现，以及他们之间纠葛的初现，也预示着这几个家族错综复杂的关系在之后的变化。

对一部大型作品来说，写好几个大场面对情节的发展和人物性格的塑造至关重要，但安排好一系列小场面对于情节的过渡、勾连、展开，以及表现人物性格逐渐发展过程，也必不可少。因此，小场面和大场面同样重要。以《红楼梦》为例，元春省亲、宝玉挨打、抄检大观园、黛死钗嫁，这些重大事件和重大场面，对于小说主题的表现和人物形象的塑造，关系重大。但《红楼梦》不是只写大事件、大场面，而是把大小事件、大小场面错综结合着写，小矛盾凝聚成大矛盾，小事件、小场面积累成大事件、大场面，一个小浪过去就有一个大浪打来，使得整部小说波澜起伏，引人入胜。以宝玉挨打这个大事件、大场面为例，前后都有一系列小事件和小场面为情节的发展做铺垫、勾连和说明。在宝玉挨打之前就有茗烟闹书房、叔嫂逢五鬼、宝玉诉肺腑、蒋玉菡赠茜香罗、金钏投井、贾环告状等小事件和小场面作为铺垫。而宝玉挨打之后，又有袭人进谗言、晴雯送手帕、黛玉题诗、宝钗送药、薛家兄妹吵架等一系列小事件和小场面进一步推动情节的发展和人物性格的深化。

在文学作品中，有时通过一个小场面就能展示人物性格，有时人物性格也需要通过一系列场面逐步展现和最后完成。以《水浒传》为例，李逵的性格通过他和宋江初次会面的一个小场面一下就表现出来了。先是宋江和戴宗在阁子饮酒，听得下面有人在闹，戴宗下去引得一个黑凛凛大汉上楼来。李逵一见宋江劈头便说:"这黑汉子是谁?"戴宗对他做了介绍,怨他粗鲁,不识高低,要他下拜,李逵道:"若真个是宋公明,我便下拜。若是闲人,我却拜甚鸟。"宋江便道:"我正是山东黑宋江。"李逵拍手叫道:"我那爷!你何不早说些个,也叫铁牛欢喜!"①这个场面虽然只有戴宗、宋江、李逵三人,也只有三人会面一件事,但经过作者精心描绘,通过李逵的几个动作、几句话,就把他那种莽撞、粗鲁、直率且纯朴的性格活脱脱地表现了出来。

《水浒传》在写林冲时,情况就不一样了。作者并不是通过某一个小事件、一个小场面,而是通过一连串前后相互联系的小事件和小场面,逐步展现林冲的性格特征和变化,呈现林冲性格由逆来顺受到奋起反抗,由软弱到刚烈的变化。身为80万禁军教头的林冲,在面对高衙内调戏他娘子时,一开始他害怕得罪上司,想息事宁人,甚至在被发配沧州道时他仍抱有这个幻想,直到最后遭到高衙内等变本加厉地迫害后,他终于忍无可忍,才激情爆发,手刃仇人,奔上梁山。林冲的故事从岳庙烧香开始到水泊落草结束,共有五回,他的性格发展过程,在小说里是通过"误入白虎堂""刺配沧州道""火烧草料场"等一连串事件、一系列场面,一步步加以展现的。这个写法既全面地展示了人物性格,又呈现出人物性格的变化,也使整个故事情节跌宕起伏,使读者不由地为人物的命运揪心。

---

① [明]施耐庵:《水浒传》(中),人民文学出版社1975年版,第514页。

四、场面的描写和作家的创作风格

既然场面的营造对于推动小说情节的发展和人物性格的塑造如此重要,作家就会在小说场面的营造方面下足功夫,再加上生活本身具有多样性和作家个性的不同,我们看到文学作品所表现的场面也是多姿多彩的,有侧重于叙事的场面,有富于戏剧性的场面,也有带有哲理抒情色彩的场面。同时,不同作家在描写各种场面时,也呈现出自己独特的艺术个性和艺术风格,如陀思妥耶夫斯基笔下的场面更富于戏剧性,而托尔斯泰笔下的一些场面则更具抒情性和哲理性。

在陀思妥耶夫斯基的小说《白痴》中,女主人公娜斯塔西娅·菲里波夫娜在生日晚会上宣布拍卖自己的那一幕,就是一个情节不断逆转、周围气氛达到白热化、惊心动魄的戏剧性场面。娜斯塔西娅·菲里波夫娜是一个悲剧性的人物,她的父母早亡,地主托茨基从小收养了她,长大后她便成为他的外室。她美丽、聪明、高傲,具有复杂的内心世界,向往美好的生活,对玩弄和践踏自己的贵族上流社会,对地主托茨基、将军叶潘钦、商人罗戈任、小人加尼亚·伊沃尔金充满仇恨,同时她又觉得自己是一个"堕落"的女人,不配有更好的命运,为此她对周围人进行报复并折磨自己。她在善良的"白痴"梅什金和商人罗戈任之间摇摆不定,无疑是一个充满矛盾的、被扭曲了的灵魂。作家用了整整四章(第一部第13—16章)的篇幅描写了娜斯塔西娅·菲里波夫娜的生日晚会,她在这个生日晚会上宣布了一项重要决定,准备以十万卢布的价格拍卖自己。在这个场面中,先是大家做了一场游戏。场面的第一个高潮是,娜斯塔西娅·菲里波夫娜当众宣布要嫁人,但同意梅什金的意见,她决定不嫁给由托茨基和叶潘钦私下策划好的将军的秘书加尼亚·伊沃尔金。场面的第二个高潮是,商人罗戈任带着一群人和十万卢布要买娜斯塔西娅。这时她指着罗戈任,用一种狂热而又急切的挑衅口吻说:"诸位,这是十万卢布……就在这个肮脏的纸包里。不久前他曾像疯子似的大叫大嚷,说晚上要给我送十万卢布来,所以我一直在等他。他要买我,开价是一万八,接着猛然跳到四万,后来又出到现在的十万。他果然说到做到。嗬,他的脸色多么苍白呀!"①随后她一一揭露了托茨基、叶潘钦、伊沃尔金的嘴脸和阴谋,同时也拒绝了梅什金。场面的第三个高潮是,她把十万卢布抛进熊熊燃烧的壁炉,并要加尼亚·伊沃尔金光着手去取,她对他说:"把纸包从火里扒出来!扒出来就归你,十万卢布全是你的!你只会稍微烧伤一点手指,——可这是十万哪,你想想看!不多一会儿工夫就能扒出来!我要欣赏一下你的灵魂。"②这是这个场面的最高潮,气氛达到了白热化的程度,"周围响起一片惊呼声……'她疯了,她疯了!'周围的人齐声喊道"。③再看加尼亚·伊沃尔金,"一丝疯狂的微笑飘忽在他那苍白如纸的脸上。的确,他没法把视线从火上,从开始阴燃的纸包上移开;"④他先是站在原地一动也不动,最后"转

---

① 《白痴》,《费·陀思妥耶夫斯基全集》(第9卷),张捷、郭奇格译,河北教育出版社2010年版,第221页。
② 同上书,第236页。
③ 同上书,第237页。
④ 同上书,第238页。

身朝门口走去；但是，还没走两步，身子一晃，就扑通一声倒在了地上。"①这时娜斯塔西娅·菲里波夫娜从火中取出钱包，宣布将它归伊沃尔金所有，之后便随商人罗戈任而去。临走她向梅什金说："别了，公爵，我第一次看到一个真正的人！"②这是一个少见的、富有戏剧性的场面，它的特点，一是情节不断起伏、不断逆转，完全出人意料，却又合情合理。二是场面的气氛始终很紧张，作家用火热的感情营造出一种白热化的气氛，在这种气氛中人物的性格被扭曲变形了。三是通过戏剧性的场面拷问人物的灵魂，让人物的灵魂曝光，情节的逆转无疑是对在场人物施行的一场灵魂绞刑。这个场面暴露出地主托茨基、将军叶潘钦的贪婪、虚伪，商人罗戈任的粗鲁、野蛮，伊沃尔金的无耻，梅什金的善良和无力，以及娜斯塔西娅·菲里波夫娜的聪明和高傲、挣扎和无奈。

在陀思妥耶夫斯基的其他作品中，类似这种戏剧化、狂欢化的场面也时常可见，它体现了作家独特的艺术个性和艺术风格。在小说《被侮辱与被损害的》中，被欺凌的伊赫缅涅夫老人偷藏着镶嵌有女儿画像的圆形项饰，当他的老伴儿见他拿出装着项链的小金盒子时，非常惊喜，连忙说："亲爱的，这么说来你还爱着她哩！"③不料话音未落，老人便把小金盒摔到地板上，像疯了似的用脚去踩它，而当他听到老伴儿的哭号和指责时，他又双膝跪下，浑身无力地垂下了头，嚎啕大哭起来，无数遍亲吻女儿的画像。当老

---

① 《白痴》，《费·陀思妥耶夫斯基全集》（第9卷），张捷、郭奇格译，第239页。
② 同上书，第240页。
③ 《被侮辱与被损害的》，《费·陀思妥耶夫斯基全集》（第4卷），艾腾译，冯南江校，河北教育出版社2010年版，第101页。

伴请求他原谅女儿时,他又喊道:"不,不,决不,永远不!"① 在这里,作家用这种情节不断逆转的戏剧性场面,把老人对女儿变态的爱表现得细致动人。在小说《赌徒》中,赌博的场面也是戏剧化、狂欢化的,赌场的气氛忽升忽降,直到全场达到白热化程度,赌博好比一场危机,赌徒好比站在命运的门坎上。

陀思妥耶夫斯基在作品中常常营造出戏剧性的场面,这同他的创作风格相联系。作家的创作充满热情,评论说他的创作是被激动的灵魂热烈地呼吁,为了表现这种火热的感情,就需要用一种奇特的艺术形式,一种戏剧性的场面呈现。他的作品,他所描写的场面,不重视历时性的描述,而突出共时性的描写,喜欢把一切矛盾集中在一个场面、一个瞬间加以表现。在作品的场面描写中,他善于通过情节的逆转营造一种戏剧性、狂欢化的气氛,而人物的性格往往就在令人瞠目结舌的情节中展现出来。

如果说陀思妥耶夫斯基所描写的场面更具戏剧性,在他那里叙事式变成戏剧式,那么我们在托尔斯泰作品所描写的一些场面中则可以看到在叙事的同时又时常带有抒情的色彩和哲理的意味,叙事式变成了抒情哲理式。

先来看看托尔斯泰《战争与和平》第2卷第3部第2节一段娜塔莎月夜坐在窗口想飞到天上的描写,这是以安德烈的视角写成的。春天,安德烈由于在战场上受伤和失去妻子,情绪低落,他来到罗斯托夫庄园。晚上,当他打开窗户时,月光"立刻闯了进来",又听到上层传来少女的声音:

---

① 《被侮辱与被损害的》,《费·陀思妥耶夫斯基全集》(第4卷),艾腾译,冯南江校,第102页。

"只要再来一次,"上面一个少女的声音说,安德烈公爵立刻认出了这个声音。

"你倒是什么时候才睡啊?"另一个声音回答。

"我不睡,我睡不着,叫我怎么办!喂,最后一次……"

两个少女的声音唱了一个乐句——一支歌结尾的一句。

"啊,多么美呀!好了,现在睡吧,结束了。"

"你睡吧,我不睡,"那个靠近窗口的第一个声音回答说……安德烈也不敢动弹,怕暴露他并非有意在旁听。

"索尼娅!索尼娅!"又传来第一个声音。"咳,怎么能睡呢!你来瞧瞧,多么美呀!真的美极了!索尼娅,你醒醒吧,"她说话的声音几乎是含着泪的。"这么美的夜,从来没有过,从来没有过。"

索尼娅不乐意地回答了一声。

"不,你瞧瞧月亮!……咳,真美呀!你到这儿来。亲爱的,我的好姐姐,到这儿来吧。你可知道?就这么蹲着,就这么蹲着,把膝盖抱得紧紧的,尽可能地抱紧,整个人都缩得紧紧的,——这样就会飞起来了。你瞧!"

"算了,别跌下去。"

他听见挣脱的声音和索尼娅不满意的声音:

"已经一点多了。"

"咳,你这个人只会把什么都给破坏了。好了,你走吧,你走吧。"

一切又寂静了,可是安德烈公爵知道她仍然坐在那儿,他时而听见轻轻的移动声,时而听见叹息声。

……

"没有人关心有没有我这个人!"安德烈公爵在听她说话时想道,不知为什么他在盼着她提起他,但是又害怕她提起他。①

这是一个春天月夜的场面,托尔斯泰把这个场面写得富有诗情画意。这个月夜"很凉爽、沉寂、明亮",有树木,有光影,有歌声,作家笔下的月夜是寂静的,又是充满生机的,是动静结合的,也是情景交融的。托尔斯泰看似在写月夜,实际上是在写人,写闯入月夜的人。他写月夜里的娜塔莎,不仅是月亮闯进她的心田,她也同时闯进了月亮,月亮的美感动得"她说话的声音儿乎含着泪",大自然的美,月亮的美,使得她整个人要飞起来了。托尔斯泰通过这样的场面描写,将一个少女美好的心灵、生命活力、对美好事物的向往,表现得极为动人。值得注意的是,作家不是从自己的角度,而是从安德烈的角度描写娜塔莎,这样就形成两个人物的对比和互动。安德烈受伤丧妻,情绪消沉,不是他闯进月亮,而是月亮闯进他的心,也是充满生命活力的娜塔莎闯进了他的心。于是,感到没有人关心的安德烈又重新思考人生,重新唤起生命的力量。在离开娜塔莎之后,他眼中的那棵老态龙钟的老橡树又长出鲜嫩的绿叶,当他想到那个夜晚和月光,想到那个受到月亮感动的少女时,他感到"才活了三十一个年头,并不能就算完结"。这里看似是在写安德烈的心理活动,实际上也是在写娜塔莎给他的影响。一个月夜的场面写得那么富有诗意、生命活力和艺术感染力,托尔斯泰不愧为艺术大师。

---

① 《战争与和平》(二),《列夫·托尔斯泰文集》(第六卷),刘辽逸译,人民文学出版社1986年版,第178—179页。

托尔斯泰作品中类似这种既抒情又包含哲理性的场面时常可见,它体现了托尔斯泰的一种独特创作风格。《战争与和平》第1卷第3部第16章在描写1905年俄法战争中的奥斯特里茨战役时,我们也可以看到类似的场面。在这个战争场面中,作家一方面真实地描写战争的惨烈:安德烈冒着枪弹举着军旗往前冲,他的"左右不断有士兵呻吟和倒下去",后来安德烈也挨了一粗棍倒了下去,这是对战争的叙事。另一方面,作家又着重描写了安德烈仰面朝天倒下时仰望天空的沉思,这就是小说中著名的"奥斯特里茨天空"的描写:

> "怎么啦?我倒了?我的腿发软,"他这样想着仰面朝天倒下去。他想睁开眼看看法国兵和炮兵搏斗的结果,想知道那个红发炮兵有没有被打死,大炮被缴获还是被救下来。但是他什么也没看见。在他的上面除了天空什么也没有,——高高的天空,虽然不明朗,却仍然是无限高远,天空中静静地飘浮着灰色的云。"多么安静、肃穆,多么庄严,完全不象我那样奔跑,"安德烈公爵想,"不象我们那样奔跑、呐喊、搏斗。完全不象法国兵和炮兵那样满脸带着愤怒和惊恐互相争夺探帚,也完全不象那朵云彩在无限的高空中那样飘浮。为什么我以前没有见过这么高远的天空?我终于看见它了,我是多么幸福。是啊!除了这无限的天空,一切都是空虚,一切都是欺骗。除了它之外什么都没有,什么都没有。甚至连天空也没有,除了安静、肃静,什么也没有。谢谢上帝!……"①

---

① 《战争与和平》(一),《列夫·托尔斯泰文集》(第五卷),刘辽逸译,第407页。

第一章 小说的场面

在这个场面中,托尔斯泰由现实的描写转向情感的抒发、哲理的思考,由惨烈的战场转向静穆的天空,由英雄主义转向静穆、庄严,转向万物皆空、超越一切的幸福。从战场转向天空,托尔斯泰思考战争究竟给人类带来了灾难还是幸福,人类应当向善还是向恶。在战争和"天空"之间,他最后还是选择了"天空",选择了宁静与和平。由具体的叙事转向形而上学的哲理思考,让思想在体悟现实世界中豁然开朗,得到进一步升华,这是托尔斯泰的作品中对一些场面进行描写的艺术特色,也是托尔斯泰创作中固有的艺术特色。

在小说《复活》的开篇也有一个著名的叙事与哲理沉思相融合的场面。作家笔下,城市的土地尽管被毁坏得面目全非,但"春天也仍然是春天。太阳照暖大地,青草在一切没有除根的地方死而复生,不但在林荫路的草地上长出来,甚至从石板的夹缝里往外钻,到处绿油油的。……植物也罢,鸟雀也罢,昆虫也罢,儿童也罢,一律兴高采烈。惟独人,成年的大人,却无休无止地欺骗自己而且欺骗别人,折磨自己而且折磨别人。人们认为神圣而重要的并不是这个春天的早晨,……神圣而重要的却是他们硬想出来借以统治别人的种种办法。"[①]他认为,对监狱的人来说,重要的不是领受春天的快乐,而是将三名犯人送上法庭审判。在这个作为小说开篇的场面中,托尔斯泰将大自然的春天与社会对生命的压抑和摧残加以强烈对照,体现出他对大自然、对春天、对生命的无限热爱和对摧残人类生命的社会的无情谴责。这虽然只是一个小说开篇

[①] 《复活》,《列夫·托尔斯泰文集》(第十一卷),汝龙译,人民文学出版社1989年版,第5页。

的场面，却为整部小说定下了基调。

在托尔斯泰的作品中，一些场面描写呈现出的叙事和抒情哲理相融合的特色，也同作家的创作理念和诗学特征相联系。我们在托尔斯泰身上看到，他的作品既有对现实生活的"撕下一切伪面具"般的彻底揭露和严厉批判，也有对人生、对人类终极真理的形而上学的沉思，这两个层面在他的作品中完全融为一体：唯有对现实人生有着深切关怀，才会有从更高层次上思考人生的冲动；而超越现实的形而上学的哲理思考，恰恰蕴含着对现实生活和人类命运更高层次的关怀和理解。

艺术场面的多样性告诉我们，只要现实生活中有无限的丰富性，艺术家的性格有无限的多样性，文学作品中艺术场面的表现就有无限的可能性。

第二章　小说的声调

一、小说和音乐的内在联系

　　文学和音乐的关系,特别是诗歌和音乐的关系,古今已经有很多论述,至于小说和音乐的关系,相关的论述要少一些。小说的声调和节奏同小说的叙述、人物、结构、基调和风格都有密切关系。要深入小说的诗性世界,特别要领略小说诗性世界的情调和韵味,则须关注小说同音乐的关系,同声调、节奏的关系。

　　文学和音乐都是具有审美性地把握世界的方式,两者之间有密切的关联,而文学的产生则晚于音乐。从文学来看,诗歌同音乐的关系更为密切,我国古代从《诗经》、乐府到唐诗、宋词,诗歌的发生和发展都同民间的"新声"相关,都离不开音乐。即使是赋和散文,在声调和节奏方面也受到了音乐的影响。正如钱穆所说:"然中国文言亦尚声,中国之文学尤以音为重,如诗是矣。散文亦寓有音乐妙理,故读其文、玩其辞亦贵能赏其音。高声朗诵,乃始得之。"[①]这里说的古文,指的是古代散文,那么现代白话文、现代小说呢?钱穆接着又说,"中国古文,字句章节,长短曲折,亦皆存有音乐妙理,非精究熟玩者不能知。今人务求变文言为白话,但白

[①] 钱穆:《现代中国学术论衡》,岳麓书社1986年版,第278页。

话中亦有语气,有音节,亦同寓音乐妙理,不可不知。"①

美学家朱光潜也指出:"声音节奏在科学文里可不深究,在文学文里却是一个最主要的成分,因为文学须表现情趣,而情趣就大半要靠声音节奏来表现……领悟文字的声音节奏,是一件极有趣的事。……我因此深信声音节奏对于文章是第一件要事。"②

作家汪曾祺也谈道:"语言的奥秘,说穿了不过是长句子与短句子的搭配。一泻千里,戛然而止,画舫笙歌,骏马收缰,可长则长,能短则短,运用之妙,存乎一心。中国语言的一个特点是有'四声'。'声之高下'不但造成一种音乐美,而且直接影响到意义。不但写诗,就是写散文,写小说,也要注意语调。语调的构成,和'四声'是很有关系的。"③

以上三位从各自的角度、各自的体验阐明了文学与音乐的关系,这对我们理解两者的关系有很大启发。第一,他们从文学历史发展的角度说明,不仅诗歌同音乐有密切关系,后起的散文,包括小说,同音乐也有密切关系,强调声音和节奏是文学作品中不可忽视的重要因素。第二,他们认为,文学和音乐虽然是不同的艺术形式,描写对象和艺术媒介各有不同,但它们的共同基础是一致的,都是要表现人的情感。音乐需要通过声音和节奏来表达人的情感,文学亦如此,以表达一种生活的情调和意味。第三,音乐同文学的关系,特别是同小说的关系,非常微妙,是内在的而不是外在的,

---

① 钱穆:《现代中国学术论衡》,第279页。
② 朱光潜:《散文的声音节奏》,见《艺文杂谈》,安徽人民出版社1981年版,第82页。
③ 汪曾祺:《中国文学的语言问题》,见《汪曾祺文集·文论卷》,江苏文艺出版社1993年版,第6页。

要了解二者的关系,需要对二者都进行深入的了解和体味,其中的"妙理"确实是"非精究熟玩者不能知"。

问题的难点是,如何具体地理解文学中小说同音乐的关系,理解音乐对小说的影响。在这方面,有人从作家主体的音乐修养来理解,举出具有音乐感的小说,其作者都具有很高的音乐修养,他们把音乐移入小说,以增强小说的艺术表现力。其中,如屠格涅夫的《猎人笔记》、契诃夫的《草原》、罗曼·罗兰的《约翰·克里斯朵夫》、艾略特的《四个四重奏》。这样的理解自然是有道理的,但还没有深入音乐和小说的内在联系。音乐和小说的关系,归根到底需要从两者的内在联系去深究。音乐通过声音表达情感,而乐曲又是通过声音有规律的律动来呈现,其中包括声调、节奏、旋律等因素。因此,深究音乐同小说的内在联系,可以从音乐的声调、节奏、旋律对小说的影响入手,这里重点讲的是声调和小说的关系。

音乐把高低、长短、快慢、强弱组成的音称作"调子",比如平常我们说这个音很好听,而在语言学上则把音乐中的调子称作"声调",或者称作"语调""腔调"。我们这里重点讲的小说的声调就是指小说的声调、语调,其中包括两个方面,一是小说叙述者的声调,二是小说人物的声调。无论是叙述者的声调还是小说人物的声调,作家总是通过声调的高低、疾徐和强弱这些有节奏的变化,来表现作品的思想感情,传达出小说的情调和意味。

其实,我们在日常生活中都讲究声调、语调,只是没有自觉意识到而已。比如,我们在表达愉快的感情时用的是轻松的声调和语调,表达悲痛的感情时用的是沉重的声调和语调,这决不能混淆。写文章也是一样,写论辩的文章时需要有一种急速的、昂扬的声调和语调,表达一种压倒一切的气势;而写一般的说理的文章时则需要用一种徐缓的、沉静的声调和语调,将自己的观点条分缕析,娓娓道来。

日常生活和写文章固然要讲究声调和语调,作为艺术的小说就更要讲究声调和语调。声调和语调对于小说来说不是可有可无的,它在小说的诗性世界中占有重要地位,也是其构成的重要因素,只不过以前我们对小说的研究远远达不到"精究熟玩者"的水平,尚不知其中的"音乐妙理",不知声调和语调对小说艺术表现的重要意义。比如,作品的叙述声调,特别是作品的叙述基调,对作品整体思想的体现有重要意义;比如,人物的声调、"音容"对人物性格的展现也起到重要作用;叙述声调的起伏变化也影响作品的结构;小说的声调是激越、高亢,还是柔和、沉静,也体现作家的不同风格。如果我们从音乐的角度来看,从声调和语调的角度切入,就会为我们的小说研究开辟新的天地。

二、小说叙述者的声调和人物的声调

小说叙述者的声调和人物的声调有节奏的变化,对作品思想情感的表达和人物性格的塑造皆具重要作用。

先讲叙述者的声调。小说中叙述者的存在是用来叙述作品的内容、事件和人物。此外,叙述者用什么语气、什么声调来叙述也十分重要,而这方面在以往常常被我们忽视。叙述者的语气和声调固然不能代替叙述的全部功能,但叙述者的语气和声调本身也能帮助作者更加准确且生动地表达作品的情调和韵味。正如朱光潜所说:"音律的技巧就在选择富于暗示性或象征性的调质。比如形容马跑时宜多用铿锵疾促的字音,形容水流,宜多用圆滑轻快的字音。表示哀感时宜多用阴暗低沉的字音,表示乐感时宜用响亮清脆的字音。"①这里朱光潜生动地说明了叙述声调同表达作品内容和情调的关系。

先看看鲁迅《伤逝》开头的一段叙述:

> 如果我能够,我要写下我的悔恨和悲哀,为子君,为自己。
> 会馆里的被遗忘在偏僻里的破屋是这样地寂静和空虚。时光过得真快,我爱子君,仗着她逃出这寂静和空虚,已经满一年了。事情又这么不凑巧,我重来时,偏偏空着的又只有这一间屋。依然是这样的破窗,这样的窗外的半枯的槐树和老紫藤,这样的窗前的方桌,这样的败壁,这样的靠壁的板床。
> ……
> 然而现在呢,只有寂静和空虚依旧,子君却决不再来了,而且永远,永远地!……②

在这段叙述里,除了通过偏僻的破屋、破壁、半枯的树藤这些意象,表现出一种"寂静和空虚"的感受,同时还通过两处"寂静和空虚"词语的重复,五处"这样的"词语重复和最后两处"永远"的词语重复,形成一种如泣如诉的声调,一种低回压抑的声调,作

---

① 朱光潜:《诗论》,安徽教育出版社1997年版,第153页。
② 《鲁迅全集》(第二卷),人民文学出版社1957年版,第108—109页。

者用这种声调表达出一种寂寞、忧伤的情调。在这里,叙述声调成了表达作者情感的重要手段。

同样是写故乡,鲁迅的《故乡》和《社戏》也通过不同的声调,传达出不同的情调和韵味。《故乡》的叙述重点并没有放在讲故事和情节的变化上,而是用一种徐缓的、沉重的声调表现由于故乡的衰败而带来的悲凉的感情。《故乡》开头有一段叙述:

> 时候既然是深冬;渐近故乡时,天气又阴晦了,冷风吹进船舱中,呜呜的响,从篷隙向外一望,苍黄的天底下,远近横着几个萧索的荒村,没有一些活气。我的心禁不住悲凉起来了。①

在这段叙述中,通过描绘阴晦的天空、苍黄的天、呜呜的冷风和萧索的荒村,衬托出一种悲凉的感情,同时这种悲凉的感情也通过一种徐缓、沉重的声调表现出来,而这种声调又由一些词语的声律构成,像阴晦(huì)、呜呜(wū)、苍黄(huáng)、萧索(suǒ)、荒(huāng)村这些词语中的u的发音都带有一种沉闷的、抑郁的意味。

而在《社戏》中,作者则是通过另一种声调表达对故乡的另一种感情。其中有一段是主人公同几个发小划船去看社戏的叙述:

> 母亲送出来吩咐"要小心"的时候,我们已经点开船,在桥石上一磕,退后几尺,即又上前出了桥。于是架起两支橹,

---

① 《鲁迅全集》(第一卷),人民文学出版社1957年版,第61页。

第二章 小说的声调

一支两人,一里一换,有说笑的,有嚷的,夹着潺潺的船头激水的声音,在左右都是碧绿的豆麦田地的河流中,飞一般径向赵庄前进了。①

这段叙述生动、有趣,作者是带着对童年温馨的回忆来叙述的,其中充满欢快的情调,而这种情调又是通过有说笑、有叫嚷的活跃声调,通过"飞一般"的急速节奏传达出来。

再谈人物的声调。在小说里,人物性格主要是叙述者通过叙述人物的言语和行动来表现,但也不能忽视人物声调对表现人物身份和性格的作用。我们平常所说的人物的"音容笑貌",其中"音容"指的就是人物说话的语气、声调。在日常生活中,人物的声调是认识一个人的重要方面。老朋友几十年不见,但通过从电话里传来的声调,让我们依然可以认出他来。再有,人物在不同环境中用不同声调说话,这也是不能混淆的,例如电视剧《我爱我家》中那位离休老干部,他在家里还用在单位当领导时的声调说话,那就显得很滑稽。

人物说话的声调在日常生活中显得如此重要,在小说中声调对于表现人物的重要作用更是不言而喻,古今许多作家、理论家都不约而同地关注这个问题。明末清初著名文学批评家金圣叹在《水浒传·序三》中,就曾指出《水浒传》写人物"一样人,便还他一样说话,真是绝奇本事","《水浒》所叙,叙一百八人,人有其性情,人有其气质,人有其形状,人有其声"。这里所说的"声",就是指人物的声调。鲁迅在《看书琐记》中也很赞叹中外小说家通过

---

① 《鲁迅全集》(第一卷),第144页。

人物对话、人物说话的声调表现人物的技巧。他说:"高尔基很惊服巴尔扎克小说里写对话的巧妙,以为并不描写人物的模样,却能使读者看了对话,便好像目睹了说话的那些人。……中国还没有那样好手段的小说家,但《水浒》和《红楼梦》的有些地方,是能使读者由说话看出人来的。其实,这也并非什么奇特的事情,在上海的弄堂里,租一间小房子住着的人,就时时可以体验到。他和周围的住户,是不一定见过面的,但只隔一层薄板壁……都大略可以听到,久而久之,就知道那里有那些人,而且仿佛觉得那些人是怎样的人了。"①

巴赫金在分析陀思妥耶夫斯基复调小说时,也涉及小说主人公语言中的两种声调以及主人公之间的对话问题。他认为,陀思妥耶夫斯基的小说不是独白小说,而是一种体现对话的复调小说,他的小说体现两种对话:一种是大型对话,即人物的对话和情节结构的对话;另一种是微型对话,即渗透到人物语言内部的两种声音的对话。他指出,当对话渗透小说人物的语言之中,就会使人物语言出现双重指向,即所谓双声语,"这里的语言具有双重的指向——既针对言语的内容而发(这一点同一般的语言是一致的),又针对另一个语言(即他人的话语)而发。"②我们平常所说的"话里有话""旁敲侧击""说话听音,锣鼓听声",都属于双声语。巴赫金引用陀思妥耶夫斯基小说《穷人》中的被侮辱和被损害的小人物马卡尔·杰符什金内心一段两种声音的对话,说明了人物声调对表现人物性格的作用。

---

① 《鲁迅全集》(第五卷),人民文学出版社1957年版,第429页。
② 《巴赫金全集》(第五卷),白春仁、顾亚铃译,河北教育出版社1998年版,第245页。

第二章 小说的声调

前两天叶夫斯塔菲·伊万诺维奇在一次私人谈话中表示说,公民最重要的美德就是会捞钱。他们开玩笑教训人说(我知道是开玩笑),道德就是不应该成为任何人的包袱;而我并没有成为任何人的包袱哇!我的这块面包是我自己的;虽然是一块普普通通的面包,有时甚至是又干又硬,然而它是靠劳动得来的,我吃它是合法的,是问心无愧的。可是,有什么办法呢?我自己也知道,我做的事情不多,无非是抄抄写写;可我还是因此而自豪:我是在工作,我在流汗。事实上,抄抄写写又有什么不好!①

在这段话里,主人公的语调和声调是断断续续的、重复的、冗赘的,是阻塞的、不流畅的,正是在这种叙述里,传达出两种声调,"这种语言是怯懦的、惶愧的、察言观色的语言,同时还带着极力克制的挑战"。②作家正是通过描绘人物这两种不同的声调,展示人物性格的两个方面,他既是怯懦的、软弱的人,被侮辱被损害的人,同时又是有自尊心的人。他不同于普希金和果戈理笔下的小人物,他开始有了自我意识,他言语中的争辩性的声调、自我肯定的声调,说明俄罗斯文学中小人物形象的自我意识正在成长。巴赫金对小说人物话语声调和人物性格关系的分析极为精彩,其"妙理"真是"非精究熟玩者不能知"。

---

① 《穷人》,《费·陀思妥耶夫斯基全集》(第1卷),磊然译,河北教育出版社2010年版,第53—54页。
② 《巴赫金全集》(第五卷),白春仁、顾亚铃译,第274页。

三、小说的声调和小说的结构

小说通过叙述声调和人物声调的变化来表现思想感情、刻画人物性格，这种表现手法是比较明显的，而声调对小说结构所起的作用，相对来说就不那么明显和突出了，而是比较隐蔽和内在的。小说的表层结构是情节的安排，是人物关系的安排，但小说的深层结构则是同情感的律动相连，小说中矛盾冲突的发生、发展、高潮和结尾同人物情感、心理的变化相连，而这种情感和心理的变化，在小说中往往也可以通过声调的重复、对比和转化来表现。从这个意义上讲，声调的变化之于小说的结构有内在意义。

声调的重复和小说的结构

重复是同一词句的重复使用，它是小说的一种结构手段。小说中由于词句的重复而引起的声调的强化，最终能更突出地表现人物的情感。

萧红在《呼兰河传》第四章几乎每一节的开头处都重复一种句式、一种声调。

> 我家是荒凉的。
> 一进大门，靠着大门洞子的东壁是三间破房子⋯⋯
>
> 我家的院子是很荒凉的。
> 那边住着几个漏粉的，那边住着几个养猪的。养猪的那

厢房里还住着一个拉磨的。

……

我家的院子是很荒凉的。

粉房旁边的那小偏房里，还住着一家赶车的，那家喜欢跳大神……

我家是荒凉的。

天还未明，鸡先叫了；①

这四节的开头都在重复一个句式，即："我家的院子是很荒凉的。"作家不断重复这个句式，以传达出一种惆怅、忧郁和悲凉的声调。在结构上，这种声调的不断重复使这种惆怅、忧郁和悲凉的情调不断加强，进而增强了作品的感染力。

声调的对照和小说的结构

对照、对比、对应是小说结构的手段，小说不同声调的对照、对比和对应也会对小说的结构产生作用，也就是说，小说往往借助不同声调来划分结构。

巴赫金在《陀思妥耶夫斯基诗学问题》中谈到复调小说时涉及了声音、声调问题，他认为，作家的小说是复调小说，不同于传统的独白小说。他说："有着众多的各自独立而不相融合的声音和意识，由具有充分价值的不同声音组成真正的复调——这确实是

---

① 《萧红全集》（下），哈尔滨出版社1991年版，第782、788、789、792页。

陀思妥耶夫斯基长篇小说的基本特点。"①"复调的实质恰恰在于：不同声音在这里仍保持各自的独立，作为独立的声音结合在一个统一体中，这已是比单声结构高出一层的统一体。"②巴赫金所说的复调小说的基础实际上就是对话，这种对话既体现在人物对话中，也体现在结构中，也就是说，在复调小说中，作家用不同的声音、声调形成小说的结构。

其中一个例证是陀思妥耶夫斯基的小说《地下室手记》，小说的主人公是一个40岁、智力发达、善于思考又一生坎坷、充满痛苦的八品小官。作家指出，这个中篇小说分三章，这三章的不同声音、声调在小说中展开对话，形成作品的结构。"第一章看起来是一堆闲话，可到了后两章这堆闲话竟转换为突如其来的灾难。"③小说的结构确实是一种不同声音、不同声调的对话，第一章主人公哲理性的独白同第二章主人公的遭遇，以及第三章悲惨的结尾形成对照、对立和对话。作者旨在说明，虚伪的"崇高理想"和"崇高的行为"未必能改变现状。主人公对命运悲惨的丽莎做了许多美好的说教，结果只是让对未来浑浑噩噩、过着肮脏生活的丽莎在清醒状态中去体味痛苦和耻辱。作家给自己提出一个问题："是廉价的幸福，还是崇高的苦难——两者中哪一个更好些？"

例证之二是陀思妥耶夫斯基的小说《白痴》，在这部小说中，两条情节线索、两种声音在结构上是平行的。男主人公梅什金公爵是善良、纯洁、有同情心、主张宽容的人，作家叙述他的声调是平和的、徐缓的。女主人公菲里波夫娜是聪明、美丽、高傲的，但

---

① 《巴赫金全集》（第五卷），白春仁、顾亚铃译，第4页。
② 同上书，第27页。
③ 同上书，第58页。

受尽侮辱和损害,她向周围报复并折磨自己,是一个扭曲的灵魂。作者叙述她的声调是火热的、急促的。两条线索、两种声调,一个代表虚幻的理想,一个代表严酷的现实,在作品结构上形成对话,表现作家的思想矛盾。

声调的变化和小说的结构

小说情节的起伏变化是为了吸引读者,同时也蕴含着人的心理轨迹。在一些小说里,这个过程有时又是由作品声调的起伏变化显示出来,并推动了情节的发展。

先看屠格涅夫小说《前夜》中第十五章的一段叙述表现的声调和结构的关系。这一章描写了叶琳娜一家和英沙罗夫等人一起外出郊游,作家叙述了郊游的准备、出发过程,到了目的地,湖光山色,阳光灿烂,"周围的一切,全都发出芳香"。他们游湖,唱歌,十分愉快。可是这时突然响起"不和谐音",一群喝醉酒的德国军官前来寻衅,接着"扑通一声",英沙罗夫把醉汉抛入水中,大家一阵哄笑。归来,马蹄声阵阵,催人入睡,唯有叶琳娜在朦胧夜色中凝视着英沙罗夫。全章终了,天已破晓,"遥远的、遥远的天际,一颗巨大的最后的晨星正凝视着,有如一只孤寂的眼睛"。在这一章的叙述中,作家以叙述声调的起伏变化来形成作品的结构,从最初的欢快声调,转入由冲突引起的紧张声调,最后又归于寂静,作品中结构节奏的变化,以人物情感的起伏引来的声调变化为动力。

再看瓦西里耶夫的小说《这里的黎明静悄悄……》,小说描写卫国战争中瓦西科夫准尉带领五个女兵参加的一场遭遇战,最后五个女兵先后壮烈牺牲。小说的结构特色在于战前生活和战争生活的转换,战争中的战斗场面和战争中的"日常生活"场面的转换,而这种转换通过不同声调来完成。作家叙述战前生活和战争中"日常生活"的声调是欢快的、活泼的、抒情的,是充满青春活力的;而叙述战争场面的声调则是沉重的、严峻的、悲怆的。作家正是通过不同声调的对照、转换、交替,既表现出战争的残酷、惨烈,又表现出处于战争中的年轻人的爱国情怀、青春活力和对和平的渴望。在小说中,声调对作品的结构、艺术感染力、主题思想的深刻揭示起到了重要作用。

四、小说的基调和小说的整体风格

如果说小说的声调对作品人物形象的塑造和对作品的情节结构,都有重要意义,那么小说的基调、总的声调,对作品的意义就更为重要,因为基调关系到作品整体思想的表达和作品整体风格的形成。基调对于文学作品的形成所具有的意义,已经被许多作家、理论家指出过。苏联著名文艺理论家赫拉普钦科指出:"叙述、戏剧行动、抒情抒发的情绪系数,首先表现在基调中,这种基调是作为一种完整的统一体的文学作品所固有的……在作品的构造中,在对主人公们的描绘的性质中,基调决定着许多东西。正因为这样,所以基调的选择,在一位作家的创作工作中是一个非常重要的因素。"①

---

① 〔苏〕米·赫拉普钦科:《作家的创作个性和文学的发展》,上海人民出版社1977年版,第142页。

第二章 小说的声调

托尔斯泰在创作中篇小说《哥萨克》时，曾在1857年5月4日给巴·安年科夫的信中写道："曾记得跟您谈过的那个重大的东西（中篇小说《哥萨克》），我动手写时用了四种调子，每种写了三页便停笔了，真不知道选哪一种，或者将四种合为一种，或者干脆都扔掉。"①托尔斯泰这部小说写的是年轻贵族奥列宁来到高加索，来到大自然，想寻找一种从事劳动且充满欢乐的新生活，但由于贵族阶级固有的偏见和恶习，他们终究不能理解和接受哥萨克那种崇尚自然、崇尚自由的生活方式。托尔斯泰所说的开始动手创作时用了四种调子不知选择哪一种好，据他说，困难在于"呈现在我眼前的对象的方面太多，更因为要表现这些对象可用的色调千差万别"，无法寻找到"在这个大混沌中间潜藏着朦胧的规律，根据它我能够进行选择"。②他在1857年8月15日的日记中又写道："……对这部高加索的东西，我很不满意。写东西不能没有思想。"③这个"规律"和"思想"，或许可以理解为作品的基调，理解为作家后来在作品中所揭示的否定沾染了资本主义"瘟疫"的上流社会，歌颂大自然和接近大自然的劳动人民的基调。

托尔斯泰晚年创作中篇小说《哈泽·穆拉特》（1904）时也碰到选择作品基调的问题。在开始创作这个小说时，作家尝试过各种叙述声调，用讲故事人的声调写，用主人公回忆的声调写。在小说的三种初稿被抛弃之后，他在自己的日记中写道："我对哈泽-

---

① 〔俄〕列夫·托尔斯泰：《列夫·托尔斯泰论创作》，戴启篁译，漓江出版社1982年版，第154页。

② 同上。

③ 〔苏〕米·赫拉普钦科：《艺术家托尔斯泰》，刘逢祺、张捷译，上海译文出版社1987年版，第63页。

穆拉特作了许多思考,准备了材料。但总是找不到那种调子。"①他所说的"那种调子",就是把作品各个部分连接成整体的基调。这部小说是描写反抗沙皇尼古拉一世暴政的高加索民族解放运动的勇士和叛变者哈泽·穆拉特。他曾参加反沙俄的"圣战",后又成为叛变者,作为叛变者虽然不值得同情,但托尔斯泰拿他同沙俄死气沉沉的大小官吏对比,赞赏他身上那种自然、朴素、豪爽、真诚、生机勃勃的特性。后来哈泽·穆拉特又遭沙俄杀害,他的死使托尔斯泰想起在犁过的田地里被车轧倒的牛蒡花。他在1896年7月19日的日记中写道:"昨日我在翻犁过的黑土休耕地上走着。放眼望去,但见连绵不断的黑土,看不见一根青草。啊!一蔸鞑靼花(牛蒡)长在尘土飞扬的灰色大道旁。它有三个枝丫:一枝被折断,上头吊着一朵沾满泥浆的小白花;另一枝也被折断,溅满污泥,断茎压在泥里;第三枝耷拉一旁,也因落满尘土而发黑,但它依旧顽强地活下去,枝叶间开了一朵小花,火红耀眼。我想起了哈泽·穆拉特。想写他。这朵小红花捍卫自己的生命直到最后一息,孤零零地在这辽阔的田野上,好好歹歹一个劲地捍卫住了自己的生命。"②看来,这就是托尔斯泰最后找到的作品的基调,基调找到了,定下来了,他的写作也就顺畅了。

  法捷耶夫在与赫拉普钦科谈到长篇小说《青年近卫军》的创作时,也曾经提及小说的叙述声调问题,谈到很久都不能找到正确的叙述声调。"一切材料都收集好了,主人公们的性格和情节的发展也都清楚地浮现在脑海里了,但是工作毫无进展,因为叙

---

① 转引自〔苏〕米·赫拉普钦科:《作家的创作个性和文学的发展》,第142页。
② 〔俄〕列夫·托尔斯泰:《列夫·托尔斯泰论创作》,戴启篁译,第171页。

述的特点之一没有确定下来。可是,作家刚刚清楚地感觉到那种跟总的创作构思相适应的叙述声调——兴奋激越、打动人心的、同时又是严峻沉着的声调——的时候,工作就进行得很轻松,可以不停地写下去了。"①法捷耶夫所说的兴奋激越的声调和严峻沉着声调的融合,实际上就是由浪漫主义声调和现实主义声调结合形成的作品基调,正是这个基调决定了作品的整体面貌,让人既感到战争的残酷、惨烈,又为年青人的爱国精神和青春激情激动。

我们谈作品基调的重要性,但并不排斥作品可以同时存在不同的声调,正是作品声调的多样性,使得作品蕴含的思想情感更加丰富。

果戈理在描写小人物悲惨命运的小说《外套》时,其运用的叙述声调就不是单一的声调,他用不同的叙述声调表现作品多种思想内涵。俄罗斯形式主义的代表人物艾亨鲍姆在他的重要论文《果戈理的〈外套〉是怎样写成的》(1918)中,专门谈到小说不同声调、不同语调对于表现作品思想的意义。他说:"短篇小说的布局在很大程度上有赖于作者个人的结构笔调所起的作用。换句话说,这种笔调可能是大致产生直接叙述的组成原则;但是,它也可能是各种事件之间形式上的纽带,只起辅助作用的纽带。"②他认为,果戈理的小说是由两种叙述声调构成的,一种是纯滑稽的叙述声调,一种是具有感情色彩的夸张的叙述声调。后者指的是被称为"小说精华"的人道主义情调十足的叙述声调。在小说中,作

---

① 〔苏〕米·赫拉普钦科:《作家的创作个性和文学的发展》,第143页。
② 〔法〕茨维坦·托多罗夫编选《俄苏形式主义文论选》,蔡鸿滨译,中国社会科学出版社1989年版,第185页。

家借"可怜的年轻人"之口,表达自己对小人物巴什马奇金的痛惜和悲悯,"除非玩笑开得太厉害,人家碰他的胳膊肘,妨碍他干活儿的时候,他才说:'让我安静一下吧,你们干吗欺负我?'在这几句话和讲这几句话的声音里面,有一种不可思议的东西。在这声音里面,可以听到这样一种引人怜悯的东西;一个就职不久的年轻人,本来学别人的样,也想取笑他,忽然竟像被刺痛了似地停住了,从此以后,仿佛一切在他面前都变了样,变得跟从前不大相同了。一种什么神奇的力量使他疏远了那些从前被他认做体面的上流人物而来往甚密的同事们。以后有一个很长的时期,在最快乐的时刻,他会想起那个脑门上秃了一小块的矮小的官员和他的痛彻心脾的话:'让我安静一下吧,你们干吗欺负我?'——并且在这些令人痛彻心脾的话里面,可以听到另外一句话'我是你的兄弟。'于是这个可怜的年轻人就用手掩住了脸,后来在他的一生里,当他看到人身上有着多少没有人性的东西,在风雅的教养有素的上流士绅中间,天啊!甚至在世人公认为高尚而正直的人们中间,隐藏着多少凶残的粗野的东西的时候,他有许多次忍不住战栗起来。"[1]这段哀伤的、沉重的叙述声调闯进滑稽的声调中,两种声调的相互交替、"发笑的怪相和痛苦的蹙眉互相交替"形成了作品的特殊布局,给作品那种滑稽的叙述声调带来新的色彩,构成了作品独特的艺术魅力,表现出作家一种"含泪的笑",一种深沉动人的人道主义情怀。

---

[1] 《果戈理小说选》,满涛译,人民文学出版社1996年版,第415—416页。

五、小说的声调和小说风格的形成

小说的声调不仅对小说的叙述、人物的塑造、结构的安排发挥重要作用,也对小说风格的形成,甚至对小说民族风格的形成,产生重要影响。

风格是作家创作个性的体现,小说风格的形成是作家创作成熟的体现。在对风格下定义时,有人侧重内容,有人侧重形式,赫拉普钦科指出:"艺术作品的风格组织中所表现的不仅仅是形式的独特性,而且还有内容的某些方面的独特性。人们经常称为形式的东西——诗情语言、情节、结构法、韵律等等,——所有这一切,在一般的意义上,都包含在风格之中,可是,除此以外,风格还包括揭示思想、主题的特点,对人物的描写,艺术作品的语气的因素。……应该着重指出:标志出风格来的,不是这些或那些个别的形式和内容的因素本身,而是它们的'融合体'的特殊性质。"[1]赫拉普钦科认为,风格涉及作品内容和形式的一切因素,其中也提到往往被忽视的语气因素、声调因素,同时,他特别强调,风格是一切因素的"融合体"。我国学者钱中文则进一步提出要重视"风格生成的深层结构问题"[2],重视只属于作家个人的特有的审美趋向与风貌。具体来说,它包括作为确立风格内在动力的激情;与激情相适应的内在的语调、格调和情调;认识的力度美,一种精神的力

---

[1] 〔苏〕米·赫拉普钦科:《作家的创作个性和文学的发展》,第141页。
[2] 钱中文:《文学发展论》(增订本),经济科学出版社1998年版,第211页。

量；在语言基调上形成的节奏、绘画、音乐、音容之美。钱中文提出的"风格生成的深层结构问题"，对思考小说的声调和小说风格关系问题，有很大启发。讨论小说声调和小说风格之间的关系，要深入小说风格的深层结构，揭示小说内在的审美意义。

小说的创作风格可以从作品的内容和形式等各种因素中识别，也可以从作品的叙述声调识别，叙述声调恰恰是我们长期忽视的、可以体现小说创作风格的重要内在因素。热情、激越的叙述声调呈现出一种阳刚的、波澜壮阔的创作风格，而沉静委婉的叙述声调则呈现出一种阴柔的、小桥流水的创作风格。这几种风格我们都可以从中外作家的作品中深切感受到。

就俄罗斯文学而言，它的基调是深沉、忧郁的，用别林斯基的话说就是，俄罗斯文学始终散布着一种"销魂而广漠的哀愁"。但在每个俄罗斯作家的小说中，俄罗斯文学这种基调又通过不同作家的不同声调传达出来。

屠格涅夫和契诃夫的小说有一个共同点，那就是浓郁的抒情声调。屠格涅夫有很高的音乐素养，他的作品充满音乐的声调，他常用抒情的声调来描绘大自然，表现人物的性格发展。在《猎人笔记》里，他用一种抒情的声调描绘大自然的美和农奴身上善良、朴素的品德。在《前夜》里，他也用一种抒情的声调表现主人公叶琳娜内心的成长，描写她外表平静内心激动的特点，"一种无名的、不可控制的力，却又在她的心底沸腾起来，大声要求着出路"，"年华消逝，年复一年；迅速地、无声地，有如雪下的水，叶琳娜的青春暗暗地流着，从外表看来是平静无事，但内心里，却经历着不安与苦斗。"这种叙述人物内心的声调是富有诗意的。同屠格涅夫一样，契诃夫的小说也充满抒情的、忧郁的声调，他的中篇小说《草原》

第二章 小说的声调

叙述的是少年随着叔叔搭马车越过草原到一个陌生地读书的故事,作品所叙述的是沿途单调、琐碎、平淡的生活。作家没有说明孩子以前的生活、为什么被送走、今后的命运,这一切只作为模糊的背景来描写,作品突出的是一种凄凉和忧郁的声调,一种悲悯和孤独的情感。他的讽刺小说也带有强烈抒情意味。在小说《套中人》结尾,契诃夫运用抒情的声调描写了农村月夜景色,突出了大自然的辽阔,以此衬托和强化了他对那个试图在棺材里找到自己理想的别里科夫的厌恶和谴责。

在陀思妥耶夫斯基和托尔斯泰的小说中,我们又可以看出在俄罗斯文学深沉、忧郁总基调之下呈现出的另一种景象。在陀思妥耶夫斯基小说中,同表现人物高度紧张的心理矛盾,表现情节的跌宕起伏、急剧变化相适应,作家的叙述声调是紧张的、激动不安的。正如卢那察尔斯基所指出的,"陀思妥耶夫斯基是抒情艺术家。他所有的中篇和长篇小说,都是一道倾泄他的亲身感受的火热的河流。这是他的灵魂奥秘的连续的自白。这是披肝沥胆的热烈的渴望",①"陀思妥耶夫斯基所创造的气氛是火热的,它由于温度的变化而闪烁不定,常常明显地歪曲了来到你面前的事实和对象。陀思妥耶夫斯基笔下的故事叙述人或者干脆用作为登场人物的'我'的名义说话,或者是一个痉挛的、哆嗦的、时而嘲讽时而痛苦的编年史家。"②而在托尔斯泰的小说中,情况又有所不同。托尔斯泰是一个深沉且忧郁的作家,一个充满人道主义情怀的作家,但他的情感往往不是在直接叙述中得以表现,他的叙述声调同屠

---

① 〔苏〕卢那察尔斯基:《卢那察尔斯基论文学》,蒋路译,人民文学出版社1978年版,第195页。
② 同上书,第212页。

格涅夫、陀思妥耶夫斯基相比，要显得更"客观"，正如卢那察尔斯基所说："他首先希望叫人相信他所说的事情是非常真实的，相信他的确在洞察隐微，复制真正的生活事实，甚至让你能够看清人物'心灵中'发生的一切，他故意不管可以叫做'文笔'的那个东西。"① 然而托尔斯泰力求显得"客观"的叙述声调也随着所反映的时代生活的变化而变化。在《战争与和平》中，托尔斯泰的叙述声调是冷静的叙述、诗意的抒情、激烈的政论的有机融合。而在《安娜·卡列尼娜》中，《战争与和平》中那种冷静的、明快的声调不见了，取而代之的是惶恐、迷惘、冷峻、悲怆的声调，而这种声调的出现恰恰反映了那个"一切都翻了个身，一切刚刚开始安排"的时代，反映着那个时代急速变化和动荡不安的气氛。

就中国现代文学而言，从"五四"以来一直响彻着关注人的命运，关注民族命运，"为人生"的总基调，但在不同作家的作品中，在总基调之下又呈现出不同的声调，因而形成了每个作家不同的创作风格。一些作家响起的是洪钟大吕的声调，如郭沫若的《女神》、茅盾的《子夜》、周立波的《暴风骤雨》、梁斌的《红旗谱》等。另一些作品则响起清淡、含蓄、隽永的声调，如沈从文的《边城》、孙犁的《白洋淀》等。同样是解放区的作家，同样是写农民生活的作家，赵树理的小说和孙犁的小说中，不同叙述声调所传达出的艺术风格也截然不同。赵树理的审美旨趣侧重于民间，他的小说侧重在讲好故事，并且在故事的叙述中传达出一种明确的、生动的、为百姓喜闻乐见的声调。而孙犁的审美旨趣则侧重于文人，他的小说重抒情、重意境，而不重情节，他的叙述声调是柔和的、沉静

---

① 〔苏〕卢那察尔斯基：《卢那察尔斯基论文学》，蒋路译，第212页。

的、含蓄的、委婉的，充满诗一般的韵味和情调。这种比较并不涉及小说价值的高低，只是说明作品不同的叙述声调形成了作品不同的艺术风格，并给人不同的艺术享受。

谈到叙述声调和艺术家风格的关系，我们自然会进一步联想到小说叙述声调与小说民族风格的关系。中国古代传统的诗歌和散文讲究声律和节奏，讲究由作品的声调所传达出的格调和意境。"五四"以后，情况发生变化，中国现代小说既继承了中国古代文学的传统，也大力借鉴西方小说的写法。在相当一部分现代小说中，重叙述而轻抒情，讲究作品要有完整的情节，要塑造人物典型形象，要有严谨复杂的结构，却忽视了中国传统文学中讲究韵味、讲究格调、讲究意境的传统。当然，如前所述也出现了另一种小说，它不重叙述而重抒情，这些小说曾经被称为"散文化的小说""抒情化的小说"，它们淡化情节，不讲究意义而讲究意味，通过文字的组织、作品的节奏和声调，传达出一种浓浓的情调、悠长的意味和高远的意境。这种小说接续了中国古代文学、古代美学讲韵味、讲格调、讲意境的传统，为中国现代小说的民族化提供了一种选择。当然，我们讲这个问题无意将中国现代小说和西方小说对立起来，中国现代小说中也有讲究叙述、规模宏大、人物结构复杂、"一泻千里"的作品，西方小说中也有讲究抒情的委婉、含蓄之作。这里强调的是中国现代小说不要丢掉中国古代文学的传统，努力创造出具有中国民族特色的作品，让中国小说立于世界小说之林。

第三章　小说中的色彩

在小说的诗性世界中，如果说小说的声调往往被人忽视，那么在小说研究中提到小说的色彩的人就更少了。其实色彩是小说构成中不可忽视的因素。色彩是形式美最基本的因素，马克思就说过："色彩的感觉是一般美感中最大众化的形式。"①

小说中的色彩体现在小说的方方面面，比如小说中描绘的自然风景和社会风俗的色彩、人物的色彩（暖色人物、冷色人物、灰色人物、杂色人物）、语言的色彩等。

小说中的色彩不同于现实生活中的色彩，它是被作家感知的色彩，它既取决于色彩本身的客观性，又取决于作家主观的感知和联想，它是外部色彩和作家内在情感的融合。作家的联想和情感以及作家的心理因素对小说中色彩感的形成起到很大作用。

作家要充分发挥色彩的艺术表现，就必须重视色彩的整体结构，以及各种色彩之间的内在关系，包括它们之间的对比、对立与互补、包容与和谐及多样与统一。同时，色彩在小说中往往不是单独起作用，而是同小说的其他因素如声音结合在一起，共同发挥作用。

---

① 〔德〕马克思：《政治经济学批判》，《马克思恩格斯全集》（第十三卷），人民出版社1962年版，第145页。

色彩是一种文化，对不同色彩的喜爱与不同的民族文化、时代风尚、人的不同性格气质相联系，因此在小说中，不同个性的作家在色彩表现方面呈现出不同的艺术风格。

一、小说的语言色彩、人物色彩和自然风景色彩

小说的色彩体现在小说构成因素的各个方面，小说的语言、小说的人物、小说的自然风景等，无一例外都体现出小说的色彩美，进而为小说的诗性世界增添了美感和魅力。

首先是小说语言的色彩。以往我们在读到文学语言的特性、小说语言的特性时，常常要谈到文学语言、小说语言的音乐美，谈到声韵和节奏构成语言的美感，然而却很少谈到文学语言、小说语言的色彩美，实际上一向被忽视的文学语言、小说语言的色彩美，是构成文学语言和小说语言美感的重要因素，它可以增加小说的形象性，更准确地表现人物和事物。文学语言、小说语言不仅是可听的，也是可视的。

小说语言可分为叙述语言和人物语言，在这两种语言中都可以感受到色彩的艺术魅力。我们可以比较一下鲁迅《阿Q正传》中的一段有关色彩描写的文字。

手稿的原文是："阿Q……从腰间伸出手来，满把是钱，在柜上一扔，说：'现钱，打酒来！'"

完稿的原文是："阿Q从腰间伸出手来，满把是银的和铜的，在柜上一扔，说：'现钱，打酒来！'"

原稿里的"钱"是抽象的，在完稿中，鲁迅把它改为"银的和

铜的",这就有了色彩,白色和黄色历历可见,抽象的概念变成了形象的概念,变一般为具体,给人以形象、深刻的印象。在这里,鲜明的色彩,再加上"在柜上一扔"的声响和"打酒来"的吆喝,阿Q得意的神色便准确生动地表现了出来。

施耐庵《水浒传》第三回"鲁提辖拳打镇关西"中也有一段叙述语言色彩的描写。鲁智深为了替金老汉和女儿翠莲报仇,前来肉店教训郑屠,打得他鲜血淋漓。小说先是写"正打在鼻子上,打得鲜血迸流,鼻子歪在半边,却便似开了个油酱铺:咸的、酸的、辣的,一发都滚出来"。这是写味道,接着写色彩。"提起拳头来就眼眶际眉梢只一拳,打得眼棱缝裂,乌珠迸出,也似开了个彩帛铺的:红的、黑的、绛的,都滚将出来"。①在这里,作家用叙述语言的色彩,将郑屠挨打的鲜血淋漓的惨状形象、生动地表现了出来。

叙述的语言有色彩,人物的语言也有色彩。小说中的人物有各自的性格,而独特的性格往往通过独特的、富有个性化的语言表现出来,因此人物语言就有了独特的色彩,人们往往把它称之为"本色语言"。所谓"本色语言",就是能够表现人物本来面目的语言,富有个性色彩的语言,于是,作家在小说中往往要努力锤炼语言,使其有个性色彩,达到尽可能准确而生动地表现人物性格的目的。

在《红楼梦》里,我们看到人物语言都各具个性色彩,达到了高度的个性化,这种各具个性色彩的语言能准确揭示人物的身份,能形神兼备表现出人物的个性特征。其中,贾政的语言装腔作势、

---

① [明]施耐庵:《水浒传》(上),人民文学出版社1975年版,第47—48页。

枯燥无味;凤姐的机智泼辣、工于心计;宝玉的温和、奇特,常有"呆语";黛玉的机敏、尖利;宝钗的圆融、平稳;湘云的爽快、坦诚;晴雯的锋芒毕露。同样,《水浒传》里人物的语言也是具有高度个性化色彩的语言。第七回写高衙内调戏林冲娘子,鲁智深赶来打抱不平时,林冲道:"原来是本官高太尉的衙内,不认得荆妇,时间无礼。林冲本待要痛打那厮一顿,太尉面上须不好看。自古道:不怕官,只怕管。林冲不合吃着他的请受,权且让他这一次。"而鲁智深却道:"你却怕他本官太尉,洒家怕他甚鸟!俺若撞见那撮鸟时,且教他吃洒家三百禅杖了去。"①在这里,林冲的语言色彩绵软内敛,鲁智深的浓烈火爆,都非常生动、鲜明,准确表现了林冲委曲求全、逆来顺受和鲁智深侠肝义胆、毫无顾忌的性格特点。

小说语言的色彩除了体现在叙述语言和人物语言中,也体现在语体中,也就是平常所说的语体色彩。语体色彩,是指适用于某种语体的词所具有的情味和格调,亦称词的风格色彩。它可以分为口语语体色彩和书面语体色彩两大类。口语语体色彩的词具有通俗、活泼、生动、自然的特色,书面语体色彩的词具有庄重、文雅、缜密的特色。比如,前者称之为"蹓跶",后者就称之为"散步",前者称之为"哥们姐们",后者则称之为"先生们女士们"。不同的语体色彩则会传达出不同的意蕴。

其次是人物的色彩。人物的色彩,指的是人物性格固有的特征,以及这种特征引起的在色彩上的联想,我们将会用不同的色彩标示人物性格的特征。比如,称这个人物是暖色的,指的是这个人物的性格是热情的、明快的、安宁的;称这个人物是冷色的,指的

---

① [明]施耐庵:《水浒传》(上),第100—101页。

是这个人物的性格是冰冷的、忧郁的、沉重的。在《红楼梦》中,林黛玉和薛宝钗都是美丽多才的少女,但一个以孤高自许,是"任是无情也动人"的冷美人;另一个则具有诗人的热烈感情和冲动,以追求感情作为人生的目标。在普希金的《叶甫盖尼·奥涅金》中,奥涅金是现实的、忧郁的、高冷的,是"毫无诗意"的冷色的性格;连斯基却是一个浪漫的、热情的、明快的性格,别林斯基评价他是一个"纯洁而高贵的灵魂","心灵上却是一个可爱的无知者",他的性格基调是暖色的。在托尔斯泰的《战争与和平》中,安德烈是一个一生追求成功、追求真理的高冷且忧郁的冷色人物,而娜塔莎是一个天真活泼、洋溢青春活力的、充满诗意的暖色人物。

然而,小说人物性格的色彩并不能只以冷色和暖色来划分,因为人物性格从来不是单色的,在暖色人物身上有冷色,在冷色人物身上也有暖色。从这个意义上讲,成功的人物形象往往是多种性格、多种色彩的,也有人把具有多种性格的人物称之为"杂色人物"。托尔斯泰说:"所有的人,正象我一样,都是黑白相间的花斑马——好坏相间,好好坏坏,亦好亦坏。"[1]他在《复活》中,以"人好比河"这句格言来表现人物性格的多彩,他写道:"人好比河:所有的河里的水都一样……可是每一条河都是有的地方河身狭窄,有的地方水流湍急,有的地方河身宽阔,有的地方河水清澄……人也是这样。每一个人身上都有一切人性的胚胎,……他常常变得完全不象他自己,同时却又始终是他自己。"[2]比如鲁迅笔下的阿Q,他的性格也具有多样的色彩,有时表现出农民的质朴,

---

[1] 〔俄〕列夫·托尔斯泰:《列夫·托尔斯泰论创作》,戴启篁译,第82页。
[2] 《复活》,《列夫·托尔斯泰文集》(第十一卷),汝龙译,第262页。

有时又表现出游手好闲之徒的狡猾；他时而自尊，时而自卑，时而自负，时而自轻，时而不满权势者对他的凌辱，时而又愚弄比他更弱的弱者。比如曹禺笔下的繁漪，她性格中同时具有热烈和冰冷，阴暗和明朗，乖戾和自然，欢乐和抑郁，勇敢和怯懦，残酷和善良的特点，它们交织在一起，形成了丰满的、多彩的、有魅力的人物性格。

第三是自然风景的色彩。比起色彩在小说语言和在小说人物中的表现，色彩在小说的风景中的表现更为突出。小说中自然风景的色彩美除了表现大自然的美，作者也在一定程度上把自然风景社会化，使自然风景变成社会现实的某种象征，例如红色代表革命，白色代表宁静，绿色代表生命等。例如，电影《黄土地》采取一切艺术手段，突出黄色的表现力，展现出反思中华文化和中华历史的基调；而莫言的小说《红高粱》则刻意追求红色的效果，大片红色的高粱鲜亮火热，象征中华民族生命的活力和不屈的性格。在《红楼梦》里，曹雪芹也用大自然中不同的色调来表现贾府的兴衰，同是写明月之夜，当贾府兴盛的时候，人们沉浸于欢乐之中，这时是"银光雪浪……上下争辉，水天焕彩"，而当贾府被抄检时，写贾府的月色是"看那月色时，也淡淡的，不似先前明朗，众人都觉毛发倒竖"。

在小说里，风景的色彩除了作为一种象征，表现作品的社会内容，还用来烘托人物的性格和心理，在《红楼梦》里，林黛玉住的潇湘馆是"苍苔布满""翠竹夹路"，一阵微风吹过，"凤尾森森，龙吟细细"。幽静的环境烘托出人物沉静的性格，高洁、修长的翠竹是人物孤高自赏、心郁忧愤的写照，也是一个叛逆少女性格的体现。而当我们来到薛宝钗的住处蘅芜苑时，看到的则是"奇草仙藤""愈冷愈苍翠",这也表现了薛宝钗冷峭寡情的性格特点。①

二、小说色彩的结构张力:多样、对比、主次与统一

小说色彩美感的形成,不但取决于对象的特质,也取决于欣赏者的情感,同时,小说色彩美感的形成也同色彩的结构、色彩的搭配相联系。小说中各种风景色调、人物色调,甚至是物的色调如果搭配得好,就能形成一种结构的张力,给人以美感,如果搭配得不好,就会色彩混乱,让人感到不舒服。

鲁迅对萧红衣着的议论就涉及色彩的结构和色彩的搭配。他曾对萧红说:"你的裙子配的颜色不对,并不是红上衣不好看,各种颜色都是好看的,红上衣要配红裙子,不然就是黑裙子,咖啡色就不行了;这两种颜色放在一起很混浊。"②这样的评价就体现出鲁迅具有独特的色彩审美眼光。

曹雪芹对色彩的美、色彩的结构和色彩的搭配规则也很有见地。在《红楼梦》第三十五回"黄金莺巧结梅花络"中,有一段描写:

> 莺儿道:"汗巾子是什么颜色的?"
> 宝玉道:"大红的。"
> 莺儿道:"大红的须是黑络子才好看,或是石青的才压的

---

① [清]曹雪芹:《红楼梦八十回校本》(上),人民文学出版社1958年版,第268、421页。
② 转引自吴功正《小说美学》,江苏人民出版社1985年版,第366页。

住颜色。"

宝玉道:"松花色配什么?"

莺儿道:"松花配桃红。"

宝玉笑道:"这才娇艳。再要雅淡之中带些娇艳。"

莺儿道:"葱绿柳黄,我是最爱的。"

宝玉道:"也罢了,也打一条桃红,再打一条葱绿。"①

后来宝钗进来,建议打个络子,把玉络上,宝玉问用什么颜色配。

宝钗道:"若用杂色断然使不得,大红又犯了色。黄的又不起眼,黑的又过暗;等我想个法儿:把那金线拿来,配着黑珠儿线,一根一根的拈上,打成络子,这才好看。"②

曹雪芹在这里讲的也是色彩结构、色彩搭配的重要性和色彩搭配的规律。

那么,小说中风景色彩、人物色彩、语言色彩的搭配应当遵循哪些原则和规律,才能使小说中的色彩搭配产生美感,形成小说的艺术魅力? 首先是对比和谐。对比是构成色彩美的重要因素,色彩美不美往往是以比较为前提。对比是差异面的对立和矛盾,色彩黑白的对比、明暗的对比、强弱的对比、冷暖的对比,都是以差异面的尖锐形式表现出来,会给人造成深刻、强烈的印象,给人以

---

① [清]曹雪芹:《红楼梦八十回校本》(上),第370页。
② 同上书,第371页。

审美的享受。

小说色彩的对比首先体现在大自然风景色彩的对比中,它给人以美感和美的享受。例如刘鹗的《老残游记》中描写千佛山和大明湖的一段文字:

> 只见对面千佛山上,梵宇僧楼,与那苍松翠柏,高下相间,红的火红,白的雪白,青的靛青,绿的碧绿,更有那一株半株的丹枫夹在里面,仿佛宋人赵千里的一幅大画,做了一架数十里长的屏风。正在叹赏不绝,忽听一声渔唱。低头看去,谁知那大明湖业已澄净的同镜子一般。那千佛山的倒影映在湖里,显得明明白白。那楼台树木,格外光彩,觉得比上头的一个千佛山还要好看,还要清楚。这湖的南岸,上去便是街市,却有一层芦苇,密密遮住。现在正是着花的时候,一片白花映着带水气的斜阳,好似一条粉红绒毯,做了上下两个山的垫子,实在奇绝。①

这段对湖光山色的描写非常精彩,红、白、青、绿等色彩鲜丽夺目,它们之间的对比更形成了强烈的形式感,而高下相间的景物和色彩的层次,使倒映于大明湖的千佛山姿态和色彩更为动人和富有魅力。

再看《红楼梦》第四十九回的描写:

> (宝玉)出了院门,四顾一望,并无二色,远远的是青松翠

---

① [清]刘鹗:《老残游记》(上),人民文学出版社1957年版,第11页。

竹，自己却如装在玻璃盒内一般。于是走至山坡之下，顺着山脚，刚转过去，已闻得一阵寒香拂鼻。回头一看，却是妙玉门前栊翠庵中有十数株红梅，如胭脂一般，映着雪色，分外显得精神，好不有趣。①

这个画面里有绿色的青山翠竹和红色的梅花，映着白雪，色彩对比很强烈，却又极其和谐。在对比中求和谐，正是我国古典美学的重要特征。

小说色彩的对比还体现在人物性格色彩的对比上。如前所说，这种人物性格色彩的对立，既体现在不同人物性格色彩的对比上，也体现在同一人物身上不同性格特征的对比之中。在陀思妥耶夫斯基的小说《白痴》中，男主人公梅什金公爵和女主人公菲里波夫娜的性格色彩完全形成一种对照与对立。男主人公善良、纯洁、向往友爱、主张宽恕，他的性格色彩是暖色的、宁静的，而女主人公聪明、美丽、高傲，但受尽了侮辱和损害，一心想要报复社会，她的性格色彩是高冷的、强烈的。一冷一热，这两个人物的性格色彩对比鲜明而强烈，然而这两个人物的性格色彩又是和谐的，他们都憎恶强权，蔑视金钱，都有一样善良的灵魂，于是他们的思想感情是相通的。两种性格色彩的对比、对照与和谐，在美学上形成了一种张力，使小说产生了一种艺术魅力。

其次是多样统一。多样统一是形成小说色彩美的重要因素，也是产生美感的重要因素。千篇一律或杂乱无章的作品都不可能产生美感，只有既表现多样性又表现统一性才能产生美感。多样，

---

① ［清］曹雪芹:《红楼梦八十回校本》（下），第529页。

是为了防止单调,力求丰富,而丰富又不是杂乱,应当做到统一。鲁迅在《华盖集续编·厦门通信(二)》中谈道:"我本来不大喜欢下地狱,因为不但是满眼只有刀山剑树,看得太单调,苦痛也怕很难当。现在可又有些怕上天堂了。四时皆春,一年到头请你看桃花,你想够多么乏味?即使那桃花有车轮般大,也只能在初上去的时候,暂时吃惊,决不会每天做一首'桃之夭夭'的。"①

小说色彩的多样统一,体现在小说语言色调、风景色调、人物色调等方面。一个成熟的作家,他的语言有独特的个性,也有统一的风格,我们一看便知,就像我们决不会混淆鲁迅的语言和茅盾的语言、巴金的语言和老舍的语言。当然,每个作家在统一语言风格的基础上,在描写不同风景、不同性格的人物时,又会呈现出变化,呈现出不同的语言色彩和格调,小说的笔调也随之发生变化,不然就会显得很单调。就景物描写而言,小说整体上会有统一的基调和色彩,但在描写不同的季节、不同的场景、不同的情景时,又会有所变化。以《红楼梦》为例,就季节而言,有春日黛玉葬花见到的落红,有夏日宝玉见到的"树荫匝地"的浓绿,有秋日众人吟菊赏桂的淡雅,还有隆冬见到的雪里红梅。就环境而言,有怡红院的红绿分明,有稻香村的黄墙青篱,有潇湘馆的翠竹夹路。

从人物描写来看,成功的小说的人物形象,其性格色彩也应当是多样而统一的。托尔斯泰《战争与和平》中的娜塔莎是公认的俄罗斯文学中最富有诗意的、最成功的少女形象,其关键就在于人物性格的丰富多样。托尔斯泰称她是一个"姿态优美且富有诗意

---

① 《鲁迅全集》(第三卷),人民文学出版社1981年版,第374页。

的女孩"。她的动人之处在于她的天真、朴实、真诚和富有青春活力,在于她同俄罗斯大自然的血肉联系,在于她的人道情怀和爱国情怀。虽然娜塔莎拥有一切美好品质,但托尔斯泰并不想把她写成一个圣人,她在生活中有过迷误,也有过挫折,但依然忠于爱情。这样的描写并没有损害这个形象的艺术魅力,而正是这种性格多样统一的描写使人物形象显得更加真实、完整。

最后是主次互补,以及整体和局部的互补。小说色彩的美要处理好对照与和谐的关系,同时,与小说要处理好"主声调""主调"和"声调"的关系一样,也要处理好"总色调""主色调"和其他"色调"的关系。一部作品要有主声调、主调和其他声调,同时,一部作品又不能只有单一的声调,同样也不能只有单一的色彩。既要有主调,要有基调,也要有其他声调的转换、交替和互补。同理,要有主要色调,也要有其他色调的转换、交替和互补。这样,小说才能在不同色彩的互补中表现出丰富多彩的内容,揭示更为深刻的主题。

英国作家劳伦斯(1885—1930)的小说《恋爱中的女人》(1920)表现的是"一战"前英国矿区的生活,讲述了杰拉德和戈珍、伯金和厄秀拉这两对情人苦涩的恋情。作家更是借男女主人公的情感冲突与纠葛审视西方文明。主人公杰拉德是与矿工为敌的工业巨子,他意志坚强、冷酷无情、缺少人性,代表了西方冷酷的工业文明。这对恋人在悲剧气氛中试图用爱来填补心灵的孤独,可总也无法沟通,这让整部小说弥漫着悲剧和荒凉的色调。然而,这种色调、基调都被作者看似不经意的一笔亮色柔化。这笔亮色来自杰拉德的父亲——老矿主、老企业家克里奇,他经历过资本原始积累但良心未泯,同情苦难中的矿工,他的态度同儿子杰拉德形成鲜明对比,但他最后抑郁而死。老克里奇的形象后来一直在小说的背景中隐现,枯竭的身躯和枯槁的病容一再如幻影般出现,似乎是在用自己的磨难昭示现实的残酷,又似乎是在用游丝般的温暖平衡小说的残酷。就是这支风中的蜡炬,给小说增添了难得的一抹亮色,就像一幅阴郁画作中的一道暖光,使整个作品获得了完整性。①

这种小说主要色调和其他色调的互补所产生的艺术效果,在鲁迅的小说《故乡》中也可以见到。小说的主人公回到阔别了二十余年的故乡,"时候既然是深冬;渐近故乡时,天气又阴晦了,冷风吹进船舱中,呜呜的响,从篷隙向外一望,苍黄的天底下,远近横着几个萧索的荒村,没有一些活气。我的心禁不住悲凉起来了"。②小说开头定的基调就是苍黄、阴晦、萧索、悲凉的色调,景物是如此,人也是如此,儿时小伙伴已变成精神麻木的木偶人,美丽、端庄、贤淑的"豆腐西施"也成了爱占小便宜的小市民,人与人之间存在着无法消除的隔阂。然而在这种萧索、悲凉的基调中,却出现了"一抹亮色"——少年闰土,使得作品色调完全变了,天是深蓝的、月亮是金黄的、西瓜田是碧绿的,这就是主人公对童年伙伴闰土的回忆。闰土当年就是瓜地里"项带银圈,手捏一柄钢叉,向一匹猹尽力的刺去"③的少年,他活泼、聪明、机敏。小说中的这段回忆,是小说萧索、悲凉总色调中的一道温暖的亮色,它一方面是同后来成年后的闰土衰老、麻木、呆滞的形象形成了鲜明而强烈

---

① 这部分分析见黑马《〈恋爱中的女人〉一个次要线索的品读》,《作家文摘》第2561期,2022年8月19日,第7版。
② 鲁迅:《故乡》,人民文学出版社2013年版,第24页。
③ 同上书,第26页。

的对比，另一方面也想用童年美好的回忆和友情给阴暗残酷的现实带来一丝温暖，留下一点希望，正如作品结尾所写："我在朦胧中，眼前展开一片海边碧绿的沙地来，上面深蓝的天空中挂着一轮金黄的圆月。我想：希望是本无所谓有，无所谓无的。这正如地上的路；其实地上本没有路，走的人多了，也便成了路。"①

小说色彩的对比和谐、多样统一和主次互补，共同形成了小说色彩的张力，增强了小说的艺术感染力，这是小说产生色彩美感的内在因素。需要指出的是，小说色彩美感的产生不是孤立的，往往同外在的因素相配合、相协调。例如，小说风景的色彩美往往同大自然相联系，也同人的活动相联系，几方面因素的相互融合才能使作品产生艺术感染力。《红楼梦》中，黛玉叩怡红院门却不让进，"越想越觉伤感，便也不顾苍苔露冷，花径风寒，独立墙角边花荫之下，悲悲切切，呜咽起来"。"不期这一哭，把那些附近的柳枝花朵上的宿鸟栖鸦，一闻此声，俱'忒楞楞'飞起远避，不忍再听"。这里，"苍苔露冷""花径风寒"的色彩，"忒楞楞"的鸟声和人的"悲悲切切"的哭声，完全融合。

三、小说色彩的社会文化因素和个体情感因素

色彩会触发人们的联想，这种联想是通过人们以往的经验、记忆和知识获得。不同的民族文化、社会生活环境对色彩联想的影响很大，不同人的性格、情感对色彩联想的影响也很大。因此，在

---

① 鲁迅：《故乡》，第37—38页。

研究小说色彩时，既要注重民族、社会和人物心理的把握，也要注重不同性格的作家对色彩的不同追求。

色彩既然是一种感觉和联想，就必然同人的情绪密切联系，如红色使人感到兴奋，蓝色使人感到宁静，黄色使人感到明静欢快，绿色使人感到生机盎然，白色使人感到明亮圣洁，黑色使人感到沉重肃穆。然而在不同社会、不同国家、不同民族，乃至一个国家、一个社会和一个民族的不同时期，人们对色彩的心理反应不同。民族文化传统确定了色彩的象征意味。例如，在西方文化中，白色代表纯洁，但在中国汉族文化中，白色被看作死亡的象征。在我国封建社会时期，黄色是代表皇权的主色调，解放后红色则是新中国的主色调，它象征着红旗，象征着革命。同样，我们看到社会的不同文化阶层对色彩的感受也是不一样的，比如民间文化就喜欢大红大绿，两个颜色相配也觉得很协调，而文人文化就喜欢素净淡雅的色彩，大红大绿就显得刺眼。所有这些国家、民族、社会、文化对色彩感受的差异，也必然会反映到小说的色彩上。

中西小说色彩的描绘具有共同特征，即皆通过色彩表现风景、人物，但由于民族文化精神的差异，民族审美心理和审美观念的差异，小说色彩的表现因此各具特色。西方小说从再现论的审美观念出发，相对来说更强调对客观色彩的再现，而中国小说从表现论的审美观念出发，更强调色彩的内在神韵、色彩给人的感受、色彩与人的情感融合。首先是重视表现对象色彩的内在气韵。比如松、竹、梅作为岁寒三友在小说中的出现，作家要特别突出其内在的气韵，青松象征坚强，绿竹象征气节，红梅象征高洁。其次是重视表现对象色彩和主体情感的融合。小说里的色彩，更多的不是客观地加以展现，而是通过人物的眼睛来看，用人物的情感来体验，并达到物我交融的境界。在《水浒传》第十回"林教头风雪山神庙，陆虞候火烧草料场"中写道："严冬天气，彤云密布，朔风渐起，却早纷纷扬扬卷下一天大雪来。"这场严冬朔风中的纷扬白雪，是由林冲的眼睛看出的，惨白的大雪正是落难的林冲凄苦悲凉的心境的外射和写照。

不仅不同民族由于民族文化审美观念的差异在小说色彩的表现上各具特色，不同作家由于个性的不同和审美观念的不同，在小说色彩的表现上也是多姿多彩的。同是河北作家，同是"燕赵之士"，同是表现革命题材的小说，在孙犁笔下，在他的《荷花淀》里，女人编的席像一片洁白的雪地，淀里也是笼起薄雾的银白世界，是新鲜的荷叶和粉色荷花的花香，小说的色彩是淡雅的、柔美的。而梁斌的《红旗谱》则是浓墨重彩的"燕赵之士"的慷慨高歌，小说的色彩是浓烈的、阳刚的。

同一作家，由于时代风云的变幻和个人审美观念的变化，他作品中的色彩也会发生相应的变化。比如，毕加索的创作有不同时期不同色彩的变化，在他刚20岁出头时，是"蓝色时期"风格的形成时期，贫穷、孤独、忧郁为其主题，他那时的艺术世界是神秘的、忧郁的、惨幽幽的蓝色世界。而当他24岁进入"玫瑰时期"后，这时他的生活比较愉快，调色板也明亮起来，步入以玫瑰色为基调的空间，色调较为轻柔，线条也较流畅，但仍有淡淡的哀伤。[①]艺术家是这样，作家也是这样。鲁迅"呐喊期"小说色彩的基调是热烈的、明朗的，而"彷徨期"小说色彩的基调则是沉郁、悲愤的。茅盾

---

① 何政广主编：《毕加索——现代艺术魔术师》，河北教育出版社1998年版，第12—26页。

写于大革命失败时期的《蚀》三部曲和写于1933年新的革命形势下的《子夜》，在色彩上也有很大变化，前者是晦暗的，后者是明快的。周立波创作前期的《暴风骤雨》，其色彩是浓烈的、雄浑的，而后期的《山乡巨变》的色彩则是轻快的、清丽的。

第四章　小说的自然风景

一、小说自然风景描写的历史演变

在传统文学理论中，人物、情节和环境是构成小说世界的三大要素，恩格斯也指出："现实主义的意思是，除细节的真实外，还要真实地再现典型环境中的典型人物。"[①]环境是小说人物产生的土壤，小说的环境描写对于塑造人物的性格、表现社会历史具有重要意义。

环境是人们在一定社会生活中的一切外在条件的总和，它包括社会环境和自然环境两个方面。以往我们在谈到小说的环境时，更多地谈到社会环境，而往往忽视自然环境，这是不全面的。小说描写的社会环境包括社会的政治、经济、文化环境，也包括社会的民俗风尚。小说的自然环境、自然风景则包括山川河流、动物植物、太阳月亮、大地田野、风雨云彩、乡间村落、城市风景等。小说社会环境的描写固然重要，小说自然环境、自然风景的描写也不可忽视。小说社会环境的描写以往谈得比较多，也比较充分，本章重点谈小说的自然风景描写对于表现社会生活和刻画人物性格的意

[①] 〔德〕恩格斯：《致玛·哈克奈斯》(1888年4月初)，《马克思恩格斯选集》（第四卷），人民出版社1995年版，第683页。

义,以及对于形成小说诗性世界的意义。

　　小说的自然风景描写经历了一个漫长的、复杂的历史演变过程。在早期的叙事文类文学作品中,特别是在民间文学中,大自然的形象占有重要地位,大自然的力量往往被神化、被人格化。在俄罗斯古代史诗《伊戈尔远征记》中,大自然就常常成为人格修辞,英雄被比作雄鹰、狮子;军队被比作乌云;刀剑的锋芒被比作闪电。同时,大自然也被神化,宛如有灵之物,带有神秘色彩。如伊戈尔出征前,"黑云从海上升起,想要遮住四个太阳",这表示伊戈尔等人将遭遇不幸。而当伊戈尔逃回时,"啄木鸟以自己的叩啄声指引通向河边的道路"。在我国古代的神话和传说中,大自然也是被神化和拟人化的。在《夸父追日》中,夸父是力大无比的巨人,他去追太阳,口渴而死,临死之前扔出手杖化为一片桃林,留给后来追求光明的人止渴。在《后羿射日》中,太阳的十个儿子十分顽皮,他们一起出现在天上造成旱灾。天帝派后羿下凡治旱灾,后羿射落九个太阳,留下一个照明,大地恢复正常生活。在这些神话传说中,不仅体表现了大自然的力量,也突出了人的力量,这是中国古代神话传说中描写大自然的一大特点。

　　就欧洲文学而言,小说中原本意义上的风景描写、作为艺术形象的风景描写,始于18世纪。当时的一些作家为了突破古典主义乃至启蒙主义"理性"的框架,张扬主体情感,尽情歌颂大自然。比如,法国作家卢梭(1712—1778)的创作就强调歌颂大自然和突出人的纯洁感情,除了《爱弥儿》(1762)和《忏悔录》(1766—1770),这方面的特点在《新爱洛伊丝》(1761)中表现得尤为突出。几位主人公的活动背景被安排在风光明丽的日内瓦湖畔和阿尔卑斯山麓，他们本来就是大自然的儿女，在大自然的怀抱中，他们纯洁而丰富的感情得到充分的展现。克莱尔所安排的朱莉和圣普乐的最初亲吻便是在克拉朗的森林中，这次亲吻像闪电的撞击，引起了主人公"触电般的感觉和情感的火花"。在这里，大自然和主人公的情感完全融合。18世纪，俄罗斯出现了感伤主义文学，在感伤主义文学代表尼古拉·卡拉姆津（1766—1826）的小说《苦命的丽莎》（1792）中，农家女被贵族青年抛弃，作者把未经文明玷污的自然人和社会文明对立起来，把对大自然的描写放在突出地位，抒情中夹以写景，借景抒情，令人耳目一新。其中，苦命的丽莎淹死于池塘的那段情景交融的描写堪称经典。

到了19世纪，欧洲文学中的自然风景描写又发生了新变化。浪漫主义作家侧重于描写自然风光，厌恶资本主义文明现实，主张回归自然，把自然看成一种神秘的力量或是某种精神境界的象征。然而，此时期的现实主义作家也同样十分重视自然风光的描写。这个时期作品在自然风景描写上的一个重要特点是作家描写自然风景时主体性的增强，每个作家都力求以自己独特的个性来关照和表现自然风景，每一位大作家笔下都有一个独具一格的大自然，大自然是被作家或是作品主人公个性鲜明的价值观和审美观来加以观照的。作品中的大自然不是那个稳定不变的大自然，而是作家或作品人物的所见所闻所感的大自然，也是大自然对人的情感和心理的回应，在这些作品里，大自然和人的感情融为一体。在屠格涅夫的《森林和草原》中，在人的情感的感染下，大自然中的白桦林、金色的朝霞和叫个不停的云雀，都是生气勃勃的。正如俄罗斯著名生态作家M.M.普里什文在日记中所说："我在看……我看见一切都是不同的；的确，春夏秋冬以各自不同的方式来临；星星和月亮总以各自不同的方式升起,要是什么时候一切都一模一样了,那一切也就不复存在了。"①

到20世纪,文学作品中自然风景的描写虽然出现了新变化,即一些革命文学作品强调歌颂、改造和征服自然,现代主义和后现代主义作品则疏离大自然,但是人与自然融为一体且不可分割的观念,已经植根于千百年来的人类文化之中,这种观念在文学艺术中仍然以不同的方式得到体现。此外,人类对精神世界、心灵世界的高度关注使得人与自然的关系被提到一个空前重要的位置,作家们把大自然视为与人性相通的善和美的力量来加以表现。从这个角度讲,大自然的形象是文学作品富有生命力的永恒的形象,文学作品中对大自然的描写是值得高度关注和深入探讨的。

二、小说自然风景描写的功能

自然风景的描写在小说中占有重要地位,对小说诗性世界的形成起重要作用。从直观来讲,它充分体现着大自然的美,给人们以美的享受。进一步讲,它为小说故事的展开、小说人物的活动提供了一个背景和一定的空间和场所,有时又可以成为故事情节的组成部分,对小说结构起重要作用。《红楼梦》的故事是在大观园里展开的,这里有生活画面,也有自然风光,作家以大观园这个理想的世界为舞台,表现人物的命运,整个大观园的景色也随着贾府的兴衰和贾宝玉、林黛玉的爱情悲剧而发展变化。在俄罗斯作

---

① 转引自〔俄〕瓦·叶·哈利泽夫:《文学学导论》,周启超等译,第267页。

家屠格涅夫那里,我们看到他的作品中的爱情故事和少女形象都是在大自然的环境中呈现的。在《罗亭》中,娜塔莉亚与罗亭是在温柔的夏夜和令人陶醉的钢琴声中第一次直接交谈的。在《前夜》中,莫斯科近郊的风光和莫斯科河畔夏日的风光是故事展开的背景,也是表现人物情感的手段。在小说的最后,作家以诗意的笔触描写了男女主人公英沙罗夫和伊琳娜的威尼斯之行,以美丽的自然风光烘托了小说的悲剧结尾。在现代作家沈从文的湘西题材小说中,在孙犁的《荷花淀》中,我们也可以看到对自然风景的描写为小说情节的展开所起到的作用。

小说的自然风景描写除了推动小说情节的发展,它还能成为社会现实的某种象征,烘托人物的情感,表现人物的性格。

首先,不少小说往往将自然风景充分社会化,使它在某种程度和意义上成为社会现实的一种象征,这时自然风景的描写就不仅仅局限为人物活动的场所和空间,还成为具有社会内容的环境。抗日战争中,茅盾的《白杨礼赞》表现北方大地上白杨的坚韧,歌颂了中华民族不屈的性格。莫言小说《红高粱》中大片大片鲜亮火热的红高粱,象征着中华民族雄壮的生命活力和不屈的性格。在《红楼梦》里,大观园的自然景色也充分社会化了,小说中整个大观园的自然景色,随贾府的兴衰和贾宝玉、林黛玉爱情悲剧的发展而变化。当贾府兴盛,贾宝玉和林黛玉爱情萌芽时,大观园里的自然景色是"花光柳影,鸟语溪声","一切沐浴在春光里";当贾府盛极将衰,贾宝玉和林黛玉爱情成熟时,正是闷热而令人烦躁的夏令时节;后来贾府日见衰败,贾宝玉和林黛玉爱情因得不到家长支持而陷入困境时,这时是秋天已经来临,"寒塘渡鹤影,冷月葬诗魂"。到了这个人间悲剧彻底结束时,大观园的自然景色已是"落叶萧萧,寒烟漠漠",最后落得个一片白茫茫大地真干净。

其次,小说里的自然风景往往是人物心理和人物情感的显化,作家借助自然风景来表达人物的心理和感情,这时被人的情感对象化了的自然风景也相应地出现了变化。这种人的感情和自然风景的交融和对话是非常奇妙的,它大大增强了小说的艺术感染力。

托尔斯泰就特别善于把人物的心理和情感融于自然景物中,他的小说将自然景物情绪化、人格化,达到以景寓情、情景交融的艺术境界,形成一种十分动人的艺术力量。

在《战争与和平》中,我们看到在托尔斯泰笔下,主人公安德烈前后两次看到的同一棵大橡树竟然是两种截然不同的样子。第一次安德烈在经历战争和丧妻之后看到的橡树"是一棵有两抱粗的大橡树,有些枝杈显然早先折断过,树皮也有旧的伤痕。它那粗大笨拙、疙瘩流星的手臂和手指横七竖八地伸展着,象一个老态龙钟、满脸怒容、蔑视一切的怪物在微微含笑的桦树中间站着。只有它对春天的魅力不愿屈服,既不愿看见春天,也不愿看见太阳。"[①]这棵被蒙上强烈感情色彩的大橡树,显然是安德烈当时那种阴冷和绝望心情的写照。一个星期后,安德烈认识了娜塔莎,当他再看那棵大橡树时,同样的一棵橡树却"完全变了样,它伸展着枝叶苍翠茂盛的华盖,呆呆地屹立着,在夕阳的光照下微微摇曳。不论是疙瘩流星的手指,不论是伤疤,不论是旧时的怀疑和悲伤的表情,都一扫而光了。透过坚硬的百年老树皮,在没有枝杈的地方,钻出

[①] 《战争与和平》(二),《列夫·托尔斯泰文集》(第六卷),刘辽逸译,第175页。

鲜亮嫩绿的叶子……"①这棵被蒙上新的感情色彩的大橡树,显然是安德烈见到娜塔莎之后,充满喜悦和希望的感情的写照。

  托尔斯泰在《安娜·卡列尼娜》中,有一段用暴风雪衬托人物情感的描写也很精彩。安娜在舞会上征服了沃伦斯基之后,意识到事态的严重,于是悄悄乘火车离开莫斯科,赶回彼得堡。作家是这样描写的:"暴风雪在火车车轮之间、在柱子周围、在车站转角呼啸着、冲击着。火车、柱子、人们和一切看得出来的东西半边都盖满了雪,而且越盖越厚。风暴平静了片刻,接着又那么猛烈地刮起来,简直好像是不可抵挡的。"这时安娜见到了沃伦斯基,她压抑不住脸上的欢喜和生气,"在这一瞬间,风好像征服了一切障碍,把积雪从车顶上吹下,使吹掉了的什么铁片发出铿锵声,火车头的深沉的汽笛在前面凄惋而又忧郁地鸣叫着。暴风雪的一切恐怖景象在她现在看来似乎更显得壮丽了。"②这场暴风雪实际上成了安娜心中正在掀起的风暴的折射,自然风景被安娜涂上了强烈的感情色彩,在她眼里这场暴风雨既有恐怖的一面,也有壮丽的一面,这两种形象恰好与她内心的冲突——喜悦和惊惶的感情——交相辉映,显得无比动人。

  陀思妥耶夫斯基作品中的自然景物的描写也依附着作品人物的心理,由人物心理来主宰,因此他的作品中自然风景往往不是独立的、完整的图景,而是随着人物心理的变化而变化,甚至被人物的感受切割。《罪与罚》中的涅瓦河是通过主人公拉斯柯尔尼科夫的感受和视角来描绘的,主人公的心理状态不同,他看到的涅瓦河

---

① 《战争与和平》(二),《列夫·托尔斯泰文集》(第六卷),刘辽逸译,第180页。
② 《安娜·卡列尼娜》(上),《列夫·托尔斯泰文集》(第九卷),周扬译,第137—138页。

的景色也不同，整个涅瓦河的景象似乎被主人公用不同心态下的不同视角切割，而作品从来没有出现过涅瓦河的全景描写。①以下是小说中对涅瓦河的三次描写。

第一次是主人公童年之梦苏醒过来之后，这时他准备抛弃杀人的念头，心情比较平静。"过桥时，他安详而宁静地望着涅瓦河，望着鲜红明亮的夕阳的余晖。尽管身体虚弱无力，他却不觉得疲惫。似乎一个月来他心头长成的脓疮一下子破裂了。自由了，自由了！"②这时，他所平视的涅瓦河和太阳是他平静心情的外化。

第二次是在杀死老太婆之后，拉斯柯尔尼科夫挨了马车夫一鞭子，上了年纪的商人太太同情他，塞给他二十戈比。"他把二十戈比硬币攥在手里，走了十来步，转过身来面对着涅瓦河，望着冬宫的方向。天上没有一丝云，河水几乎是蓝的，这在涅瓦河里是很少见到的。大教堂的圆顶，不论从哪个角度看，都不如在这桥上离钟楼不到二十步远的地方看得真切，这样光辉灿烂，透过明净的空气，连每一个装饰物都清晰可辨。鞭打处不疼了，拉斯柯尔尼科夫把挨鞭子的事也忘了。"③蓝色的河水、晴朗的天空、明净的空气以及他所仰视的光辉灿烂的教堂，这是主人公感受到的人类之爱后的内心温暖感情的外化。

第三次是在身体虚弱到极点，精神恍惚之时，他走到某座桥上，眺望着附属于涅瓦河的运河河面，"他真想就在大街上随便哪

---

① 参见樊锦鑫《陀思妥耶夫斯基艺术世界中的时间和空间》，《国外文学》1983年第3期，第40—60页。

② 《费·陀思妥耶夫斯基全集》（第7卷）《罪与罚》（上），力冈、袁亚楠译，白春仁校，河北教育出版社2010年版，第76—77页。

③ 同上书，第141—142页。

儿坐下或是躺下。他俯身在水面上，机械地看着落日绯红的余晖，看着一排排被暮色渐渐笼罩的房屋。河左岸，远远地有一家顶楼的窗户在夕阳刹那间的火光中闪现；运河暗下来，他仿佛很专心地凝视着这片水。"①这是主人公对涅瓦河的俯视。他精疲力尽，感到绝望，甚至想到投河一死，他在这里俯视的落日余晖和暗下来的河水，就是这种绝望心情的外化。

显然，主人公心情不同，他所看到的河水的色调和所注意到的景物是完全不同的。心情平静时，他没有注意到河水的颜色，注意的是鲜红明亮的夕阳；心情温暖时，他看到河水是浅蓝色的，还注意到教堂；心情绝望时，他看到的河水是暗淡的，满眼是暮色落日。作家与其说是在描绘涅瓦河和运河的景色，不如说是在表现主人公的心理变化、情感变化。涅瓦河水系在陀思妥耶夫斯基笔下完全是人物心情的外化。

小说中的自然风景描绘除了烘托人物的心理和情感，还有助于人物性格的刻画，它的另一层意义是人物性格的观照和人物性格的对象化。

在《三国演义》中，刘备三顾茅庐时对诸葛亮居所周边幽雅清美的山林景色的描写，烘托了诸葛亮的高洁品格。"煮酒论英雄"中"天外挂龙"，是曹操谈论英雄的喻托，"雷声大作"则是曹操"说破英雄"在刘备心理上产生敲击天地的灌耳雷鸣，这成为他借以掩饰、力行韬晦的重要契机，是其不可或缺的性格表现。

在《红楼梦》中，人物性格和自然环境是和谐一致的，人物在

---

① 《费·陀思妥耶夫斯基全集》（第7卷）《罪与罚》（上），力冈、袁亚楠译，白春仁校，第212—213页。

自然环境中展现自己的性格,自然环境是人物性格的写照。林黛玉居住的潇湘馆是"苍苔布满""翠竹夹路""有千百竿翠竹遮掩","竿竿青欲滴,个个绿生凉",一阵微风吹过"凤尾森森,龙吟细细"。① 幽静的环境是主人公幽静性格的写照,修长的翠竹则体现了少女的孤高自赏。在薛宝钗居住的蘅芜苑,房外是"异香扑鼻,那些奇草仙藤愈冷愈苍翠",屋内是"雪洞一般,一色玩器全无"。这种朴素淡雅的环境和薛宝钗"藏愚守拙""冷峭寡情"的冷美人性格非常协调。

  用自然景物来烘托人物的性格,在俄罗斯文学中也经常可见。俄罗斯文学中的少女形象是俄罗斯文学女性形象中最为动人和最有光彩的。在俄罗斯作家笔下,俄罗斯少女的纯朴、善良,她们的青春活力、青春激情和理想的追求与大自然融为一体,她们的性格由大自然培育和塑造。俄罗斯作家笔下的少女形象都与大自然相亲近,她们在大自然中感受美,吸收大自然的气息。普希金笔下塑造的达吉亚娜便是一位富有诗意的少女形象,她从小生活在乡间,在大自然的怀抱中长大,跟农村奶妈和仆人一起生活。她从来不参加轻浮、喧闹的活动,她喜欢在阳台上等待朝霞的出现,等待黎明的到来,大自然使她着迷,也陶冶着她的性情。即便是到了城市之后,她仍然不喜欢上流社会的豪华、纷乱和乌烟瘴气,时时想念乡下"荒芜的花园"和"可怜的奶妈"。达吉亚娜从俄罗斯大自然和俄罗斯人民那里得到了俄罗斯文化精神的滋养,形成了她纯朴、真诚的性格,她始终重视追求道德精神的完善,而不去追求物质享乐。托尔斯泰笔下的娜塔莎也是一个同大自然亲近的少女形象,

---

① [清]曹雪芹:《红楼梦八十回校本》(上),第164、183、268、421页。

春天,她坐在窗台上感受月夜的美,看着没有星星的夜空,独自遐想。夜不能寐,看着月亮,她被月光的美深深吸引和感动,以至于感到人都要飞起来,美好的大自然给了她飞翔的力量。娜塔莎来到乡下伯父家,也很快爱上了乡间的自然风景,融入乡间的生活之中,体会着乡下妇女的内心世界。托尔斯泰在小说里通过具体的艺术描写,向我们揭示了娜塔莎的性情和丰富的内心世界,它的形成同大自然密不可分,同俄罗斯民族文化血肉相连。

三、小说自然风景描写的民族特色和个人风格

由于民族文化的不同,民族审美习惯的不同,不同民族和国家小说中的风景描写也各具特色。同样,由于创作个性和审美旨趣的不同,不同作家小说中的风景描写也都是独树一帜的。正因为不同民族、不同国家和不同作家,才有了小说中精彩纷呈的风景描写,也丰富了小说的诗意世界。

中国传统小说与西方小说比较,我们可以直接感受到,西方小说的自然风景描写常常是较静止的,大段大段的,并尽力加以渲染,而中国传统小说的自然风景描写相对来说则比较简洁,有时只是略加点染,很少有大篇幅的描写。《水浒传》第十回"林教头风雪山神庙"写林冲投草料场时一路的雪景,只有"大雪下得正紧"几个字。第六回"鲁智深火烧瓦罐寺"中,写鲁智深进寺院见到的景色也只有几个字,"只见满地都是燕子粪,门上一把锁锁着"。金圣叹对此批点道:"下五台是二月天气。恐读者忘却,特用燕子粪隐隐约约点出之。"传统小说这种自然环境描写的特点对后来的小

说产生很大影响。当然,中国传统小说中自然风景描写的特点远不止于简洁,它的重要特点还在于突出自然风景描写时主体的感受和注重表现自然风景的内在韵味这两方面。

西方美学侧重于再现论,西方小说的自然风景描写也侧重于对自然风景的客观描写,重点是把外部环境如实地反映出来。中国传统美学则重于表现论,小说自然风景描写也侧重主体对自然风景的感受,借着自然风景去抒发主体的内心感受。杜甫的诗中"感时花溅泪,恨别鸟惊心",诗中的花鸟已不是客观存在的花鸟,客观的花是不会溅泪的,客观的鸟是不会惊心的,那是诗人在溅泪,诗人在惊心。诗歌中的自然风景描写强调主体的体验和感受,小说的自然风景描写也十分重视作家或人物主体的体验和感受。《水浒传》写林冲"风雪山神庙",小说写"大雪下的更紧",正是林冲所见所感。一个"紧"字不仅非常简洁,而且是林冲对大雪的感受,是落难英雄凄苦心情的折射。刘备遭蔡瑁暗算,单枪匹马出逃,在惊恐交加中跃马檀溪后,"见一牧童跨于牛背上,口吹短笛而来",村落里传出的"琴声甚美"。这段乡村的风情描写是刘备惊魂始定的独特心理反映。

除了突出对自然风景的主体感受,中国小说的自然风景描写还特别注重表现自然风景本身具有的内在韵味,赋予自然景物某种象征意义,展现出一种意在言外、韵味无声的艺术表现手法,让读者运用自己的想象力去思索和想象。在中国传统文化中,大自然景物都有其象征意义。比如梅、兰、竹、菊四个意象,红梅象征高洁,兰花象征清雅,青竹象征气节,菊花则象征淡泊。又比如月亮和落日,月亮体现宁静、温馨、明净,黄昏落日则体现悲凉、感伤。在小说中,我们也可以看到作家往往通过自然景物本身的内在特质表达一种神韵。曹雪芹的《红楼梦》，本名《石头记》。在小说里，这并不是自然景物中一块普普通通的石头，它虽然是无言的，但在作家笔下，有了一种哲学意境，一种艺术象征。在小说中，石头代表的是自然，是原始，是不假雕琢的本真，是一种出世的、清净的理想世界；石头象征的是一种人格，是与世俗抗争的风骨和情操；石头又代表着一代人被抛弃的、哀婉的命运。石头是无言的，但它在小说中成了自然美的象征、人格的象征、人生的象征。这也是中国传统小说在自然景物描写中体现象征性的艺术魅力之所在。

在谈到不同国家和不同民族文学中关于自然风景描写的特点时必须看到，它们之间的区别是相对的，实际上它们之间的共同点是基础，它们都借风景描写来表达人物的情感和心理，营造故事发生的背景和氛围。在不同作家笔下，小说风景描写的情况不尽相同，虽然他们也具有共同之处，但在每个人身上特点要显得更加突出，俄罗斯作家笔下的风景描写可以说明这点。

在俄罗斯作家中，屠格涅夫以擅长风景描写著称，托尔斯泰曾经说过："屠格涅夫是这样一位风景大师，在他之后没有人再敢触及风景描写这个题目，他只要三两笔一挥，一幅自然风景便跃然纸上。"[①] 屠格涅夫是一个具有诗人气质的小说家，人们称其现实主义作品是抒情的现实主义。从这个特点出发，屠格涅夫小说中的风景描写的最大特点便是富有诗意。他的小说中的风景描写不论是作为小说故事发生的背景，还是作为表现人物内心感受和情绪的

[①] 转引自〔苏〕契特林：《小说家屠格涅夫的写作技巧》，俄文版，苏联作家出版社1958年版，第197页。

手段，都是诗意盎然的。作为具有诗人气质的小说家，他不是客观地、冷静地观察自然、表现自然，而是把个人主观的情绪融入自然之中，使自然人化，使自然具有感情色彩。具体来说，在描写大自然时，他总是渗透人的感情；在写人的时候，他也善于用大自然来衬托人的感情。在他笔下，大自然和人融为一体。

在《猎人笔记》中，大自然的风景通过猎人的眼睛来描写，通过猎人的心来感受："啊，夏天七月的早晨！除了猎人，谁能领略早晨在灌木丛中漫步的欢乐？您的脚在沾满露珠而发白的草地上留下绿色的痕迹。您拨开潮湿的灌木丛，夜里蕴蓄着的一股温暖的香气立刻扑鼻而来；空气中洋溢着苦艾的清新苦味、荞麦和三叶草的甘甜；远处一座橡树林壁立着，在阳光下闪闪发光，染成一片嫣红……"① 这段风景描写简直就是一幅七月丛林的风景画，它有色、有香、有味，是一幅真实生动的画面，同时，它又渗透着猎人的欢愉之情，正是在这种情绪的感染下，七月丛林之晨的色彩和气息都显得新鲜、火热和生气勃勃。

在《前夜》中，叶琳娜得知英沙罗夫为了投身祖国事业而决定不告而别时，急忙去找他，这时"太阳早已隐入浓黑的云端，风在树间阵阵怒吼"，"天空扯着闪，响着雷……大雨洪流般倾泻着；整个天宇完全暗淡"，但叶琳娜毫不害怕，也毫不退缩，直到"雨渐渐稀了，停了，太阳一时也从云端里显露出来。……她看见了英沙罗夫"。② 这段风景描写很有气势，它用狂风暴雨、雷电交加的天气衬托叶琳娜对英沙罗夫的爱和勇往直前的决心，用雨过天晴来表

---

① 〔俄〕屠格涅夫：《猎人笔记》，冯春译，上海译文出版社2006年版，第362页。
② 〔俄〕屠格涅夫：《前夜·父与子》，丽尼、巴金译，人民文学出版社1979年版，第103—105页。

现两人相见的喜悦。

屠格涅夫对音乐有强烈的爱好,也有很高的音乐修养,他的小说风景描写的另一个特点就是,在描绘大自然时将色彩和声音相融合,他的自然风景描写是有声有色的。它在《贵族之家》中有这样一段风景和声音相融合的描写：

> "他坐在窗前,一动也不动,好像是在谛听周围的寂静生活的流动,听着那从冷落的村里传来的稀少的声息。在那边,在荨麻背后,有人用尖细的嗓音低声歌唱了；一只牛蝇嗡鸣着,似乎在跟歌声应和。歌声停止了,然而,牛蝇却仍然继续嗡鸣；在那单调的、固执而悲怆的蝇鸣中间,可以听见一只肥大土蜂的嘶叫,……路上,一只雄鸡开始啼叫了,嘶哑地拖长着尾音；一辆小车隆隆而过；谁家的大门又发出了吱咯的锐响。'怎么啦?'突然一个女人的声音划然传过来。……于是,又是死样的静寂蓦然来到：没有声音,没有任何响动；只有风吹着树叶；燕子低低地掠过地上,一个一个地,全都没有声息,它们寂寞的飞翔带来了哀愁,落在旁观者的灵魂上了。……"①

这段自然风景的描写确实非常精彩,它不仅有村庄的景色,作家更是用各种声音来表现村庄的冷寂,并以此衬托主人公寂寞的心情,其中景色、声音和人的心情相融合,使作品达到一种诗的意境。

除屠格涅夫外,陀思妥耶夫斯基、托尔斯泰、契诃夫这些俄罗

---

① 〔俄〕屠格涅夫:《贵族之家》,丽尼译,人民文学出版社1955年版,第84—85页。

斯作家小说的风景描写，也各有特色。

陀思妥耶夫斯基的情感是火热的，当我们读他的作品时，总会被一种强烈的情感打动，也总会感受到作品字里行间跳动着的作家不安的灵魂。其小说的风景描写也具有这个特点，他笔下的环境是他火热情感的外化。《罪与罚》的主人公拉斯柯尔尼科夫从棺材似的斗室来到街上，看到的是污秽的街道、肮脏的小酒店、卖身的妓女、卧倒的醉汉；听到的是吉他声、妇女的尖叫声和疯狂的鞋跟踏地声；闻到的是小酒馆桌上马铃薯煎牛排散发出的腐臭的腥味。这时，时钟响着"被锁紧了咽喉似的嘎声"，街灯也像"鬼火似的"闪烁着，甚至连"风也像求施的讨厌的乞丐似的呻吟着"。这幅破败、零乱、阴暗的街景，正是主人公焦躁不安、心烦意乱的强烈情感的外化。

托尔斯泰的小说在对现实进行严厉批判的同时，也不断进行道德探索，思考人生的终极价值。这种小说的诗性哲理也体现在他的自然风景描写中，托尔斯泰在《战争与和平》中描写了著名的"奥斯特里茨天空"①。主人公安德烈在1905年的俄法战争的奥斯特里茨战役中受伤倒下。小说一方面描写战争的惨烈场面，另一方面又突出安德烈朝天倒下时仰望天空的沉思。在托尔斯泰笔下，天空"静静地飘浮着灰色的云"，天空是高远的，寂静的，无限的，不像战争"那样奔跑、呐喊、搏斗"。从战场转向天空，托尔斯泰思考着战争究竟是给人类带来灾难还是幸福，思考着人生的意义。在《复活》的开篇中，托尔斯泰对自然的描绘也富于诗性哲理。他一方面描写春天的来到，"太阳照暖大地，青草在一切没有

---

① 《战争与和平》（一），《列夫·托尔斯泰文集》（第五卷），刘辽逸译，第407页。

除根的地方死而复生,不但在林荫路的草地上长出来,甚至从石板的夹缝里往外钻,到处绿油油的……植物也罢,鸟雀也罢,昆虫也罢,儿童也罢,一律兴高采烈。"另一方面,与春天的大自然相对应的是"惟独人,成年的大人,却无休无止地欺骗自己而且欺骗别人,折磨自己而且折磨别人。人们认为神圣而重要的并不是这个春天的早晨……神圣而重要的却是他们硬想出来借以统治别人的种种办法。"[1]在这段对大自然的描写中,托尔斯泰将大自然的春天和社会对生命的压抑、摧残加以强烈对照,借以思索自然、生命和人生。

契诃夫的小说以简练著称,他曾说"简练是才能的姐妹"[2]。契诃夫小说风景描写的一大特点也是简练,他主张"自然的描写应当非常简练"。他在一封信里说过,屠格涅夫的"风景描写是好的,不过……我觉着我们已经丢掉了这类写法,需要换一种样子来写了"。[3]这里他不满屠格涅夫对风景的描写过于美化,诗意过浓。下面是一个非常有名的例子,他说:"比方说,要是你这样写:在磨坊的堤坝上,有一个破瓶子的碎片闪闪发光,像明亮的星星一样,一只狗或者一只狼的影子像球似的滚过去等等,那你就写出了月夜。"[4]显然,这里月夜的描写是非常简练的,也是十分含蓄的,读者不是直接看到月夜,而是通过闪闪发光的玻璃碎片和狗或者狼的影子来感受月夜,其中需要有读者的想象。

契诃夫小说中自然风景描写的另一个特点是自然性和社会性

---

[1] 《复活》,《列夫·托尔斯泰文集》(第十一卷),汝龙译,第6页。
[2] 〔俄〕契诃夫:《契诃夫论文学》,汝龙译,人民文学出版社1958年版,第154页。
[3] 同上书,第224页。
[4] 同上书,第26—27页。

的融合,通过大自然和人类社会的对照,借对自然的描写来表现一定的社会内容。

中篇小说《草原》是契诃夫描写大自然的杰作。作品讲述了男孩叶果鲁希卡从乡下到城里去上学,一路上领略的草原风光。小说描绘草原的美,思考农民的命运,通篇充满抒情的意味。小说并不是在孤立地描写某一处个别的自然风景,而是塑造了一个相对于人类形象的草原的整体形象。在作家笔下,俄罗斯大草原既无比辽阔、美丽多姿,又空旷、单调。他又拿草原的形象同草原上人的形象相对照,认为眼前的现实中没有那种与宽阔草原相匹配的巨人。同契诃夫创作总基调一致,小说风景描写的调子也是忧伤的,在作家看来,草原中的人物没有一个能配得上草原、配得上大自然。契诃夫把自己对祖国的热爱,对民族命运的忧虑,对现实的谴责,对人民不幸的深沉叹息,都融进草原的形象,使人和自然的命题获得了时代的、社会的具体内容。

到了后来,契诃夫早期所描写的迷人的草原消退了,他笔下的自然描写既显简练,同时又具有更深的社会内容。小说《神经错乱》描写了一个大学生瓦西里耶夫随两个大学生朋友逛妓院,其中对莫斯科初雪的描写非常简洁,但蕴含着深刻的社会内容和道德意味,寄托了作家对被损害、受压迫的底层人民的同情。三个人走出家门,大自然的初雪"那么柔软、洁白、清新……在新鲜、轻松、冷冽的空气里,人的灵魂也不禁迸发出一种跟那洁白松软的新雪相近的感情。"[1] 三个大学生雪中去逛妓院,空气中初雪"清澄的、

---

[1] 《契诃夫短篇小说选》(上),汝龙译,人民文学出版社1992年版,第252页。

温柔的、纯朴的、仿佛处女样的情调"①与妓女备受凌辱的生活和麻木的灵魂形成极为鲜明的对照。良心受到震动的瓦西里耶夫不愿在妓院胡闹,溜到街上等他的两个同伴,在他的四周,"细雪成团地旋转,落在他的胡子上,眉毛上,睫毛上……马车夫、马、行人全变白了"。②在广场同朋友告别分手只剩瓦西里耶夫一个人,这时,"他害怕黑暗,害怕那大片地落下来、好像要盖没全世界的雪,害怕在雪雾中闪烁着微光的街灯。他的灵魂给一种没来由的、战战兢兢的恐怖占据了"。他觉得有许多人向他走来,他感到自己"马上就要精神错乱了"。③同样是一场雪,作品中的人物在一开始感到雪的清新、洁白、温柔,在经历了一番生活的艰辛后却感到雪的暗淡和令人害怕,它反映了人物心情的变化,也折射了生活的残酷。

---

① 《契诃夫短篇小说选》(上),汝龙译,人民文学出版社1992年版,第253页。
② 同上书,第263页。
③ 同上书,第266页。

第五章　小说的人物肖像和人物行为方式

人物是小说世界构成的核心，一部小说是否成功，很大程度上取决于是否塑造出成功的人物形象，而作家在人物形象的塑造上又是通过各种艺术手段来实现的。以往的文论更多地关注人物心理世界的描写，在这方面进行了许多研究，而人物肖像的描写和人物行为方式的描写则被忽视。其实，肖像和行为方式的描写对人物形象的塑造至关重要。如果说心理描写是描写"内在之人"，那么对肖像和行为方式的描写则是描写"外在之人"，作家常常通过"外在之人"的描写表现"内在之人"。

小说的肖像描写和行为方式描写各不相同，相对来说，肖像描写表现人物静的一面，行为方式描写表现人物动的一面，但它们之间相互联系，共同构成"外在之人"，目的都在于表现人物的情感和心理，塑造人物的性格，进而关联小说的情节发展，表现时代的社会生活。

小说人物肖像和行为方式的描写，在中外文学史上都经历了一个由理想化到复杂化的过程，一个不断丰富和发展的过程，有其鲜明的时代特征。同时，在不同民族和国家也呈现出不同的民族文化特征，在不同的作家那里也表现着不同作家的审美情感和审美理想，体现不同作家独特的创作个性和风格。

一、小说的人物肖像描写

人们对文学形象的把握,如对生活中人物的把握一样,首先是从观察外部形象开始,即从肖像开始。具体来说,人物肖像是对人物外在形象的描写,它包括人物的面部特征、身材特征,以及面部表情、脸色、眼神和情态。肖像描写凭借这一切合成"外在之人"的整体特征,并借以表现人物的内在情感和性格。

从西方文学来看,早期的肖像描写是理想化的,这类肖像描写常借助于隐喻、明喻和修饰语,这种情况一直持续到浪漫主义时代。例如,普希金长诗《波尔塔瓦》中,形容女主人公的外貌为鲜嫩"有如春花",苗条"酷似基辅山岗上的白杨",她的双眸"如星辰闪亮;双唇像红玫瑰那样绽放"。在这种理想化的肖像描写中,人物特点的刻画是夸张的,但很难从中看出人物情感和心理,或人物的性格特征。

到了19世纪,文学中的肖像描写开始去理想化、平面化,出现了复杂且多层面的肖像描写,这种肖像描写注重将外貌的描写同表现人物心理和刻画人物性格结合在一起。在莱蒙托夫《当代英雄》的第二章"马克西姆·马克西米奇"中,作家透过主人公皮却林的外貌和神态表现人物的性格特征:"他身材适中;匀整而苗条的躯干和宽阔的肩膀,证明他有一种足以忍受流浪生活的一切困苦和气候的变易、无论首都的淫佚生活和内心的暴风雨都不能征服的强健体格"。但是,"当他坐到板凳上时,他那直挺的躯干弯曲得就像脊背上没有一根骨头似的;他周身的姿态表现出一种神经衰弱的样子"。①同时,"当他笑的时候,他的眼睛却不笑!你们没在一些人身上注意到这样的怪事么?……这是坏脾气的,或是深刻而经常忧伤的表征"。②作家通过主人公身上相互矛盾的、不协调的外貌描写,生动地揭示了人物复杂矛盾的心理,展现出他内心无法解脱的痛苦和悲哀,揭示了主人公复杂的性格。冈察洛夫在《奥勃洛摩夫》的开篇,也是通过主人公外貌的描写来展示他未老先衰的心灵:"他年在三十二三,身材中等,外貌可亲,生着一对深灰色的眼睛,可是脸上缺乏明确的思想和专注的神情。……有时候,由于疲倦或者无聊,他的眼光就暗淡起来;可是疲倦也罢,无聊也罢,一刻都不能驱散他脸上的温和——那不单是他脸部的,也是全部心灵的主要而基本的表情。"③

在托尔斯泰那里,像许多俄罗斯作家一样,他并不过分地强调人物脸型和身材等外在之美,而十分突出人物气质的优雅,展现内在之美。《战争与和平》中的少女娜塔莎是托尔斯泰最心爱的人物,他称她为"富有诗意的小姑娘"。但他笔下的娜塔莎外表长得并不美,小说写道:"这个小姑娘黑眼睛,大嘴,不漂亮,但很活泼。"④托尔斯泰在这里突出的不是她外在的美,外貌如何美丽,反而明确说她"不漂亮",还长着一张"大嘴巴",在小说中他突出的是她的青春活力,她的纯洁、真诚,她的诗一般的内在的美。托尔斯泰除了通过肖像表现人物的心理和性格特征外,还常常把自己的情感

---

① 〔俄〕莱蒙托夫:《当代英雄》,翟松年译,人民文学出版社1982年版,第48页。
② 同上书,第49页。
③ 〔俄〕冈察洛夫:《奥勃洛摩夫》,齐蜀夫译,上海译文出版社1979年版,第2页。
④ 《战争与和平》(一),《列夫·托尔斯泰文集》(第五卷),刘辽逸译,第58页。

移入所描写的对象之中。在《复活》的创作过程中,作家为了写好自己喜爱的人物玛丝洛娃在法庭第一次出现的形象,先后进行了20次修改。头几稿是这样描写玛丝洛娃的形象的:

> 她是瘦削而丑陋的黑发女人,她所以丑陋,是因为她那个扁塌的鼻子。
> 高高的个子,带有凝神和病态的样子。
> 一个矮个子的黑发女人,与其说她是胖的,还不如说她是瘦的。她的脸本来并不漂亮,而在脸上又带堕落的痕迹

这几稿的描写只突出了玛丝洛娃的丑陋和堕落,看不出有值得同情的地方,他很不满意。于是又改为:

> 美丽的前额,卷曲的头发,匀正的鼻子,在两条平直的眉毛下面,有一双秀丽的黑眼睛。①

这一稿中的玛丝洛娃改漂亮了,但不符合人物的身份和遭遇,违背了生活的真实。于是托尔斯泰又反复修改,直到第20稿,才改成现在我们看到的样子:

> 一个身量不高、胸脯颇为丰满的年轻女人……她里边穿着白上衣和白裙子,外边套一件灰色长囚衣。……头上扎着一块白头巾,分明故意让几绺鬈曲的黑发从头巾里滑下来。这女人

---

① 以上引文均见纪录片《托尔斯泰的烦恼》译文。

整个脸上现出长期幽禁的人们脸上那种特别惨白的颜色，使人联想到地窖里马铃薯的嫩芽。……在那张脸上，特别是由惨白无光的脸色衬托着，她的眼睛显得很黑，很亮，稍稍有点浮肿，可是非常有生气，其中一只眼睛略为带点斜睨的眼神。①

托尔斯泰对最后一稿显然是比较满意的。主人公两只仍然发光、又黑又亮的眼睛，让人想起玛丝洛娃天真可爱的少女时代，显示出这个下层妇女美好的内心世界，而故意留在头巾外面的几绺头发、浮肿的眼睛和惨白的脸色，却显露出这个被侮辱、被损害的下层妇女的精神创伤和内心痛苦，通过这两个脸部特征的强烈对比，作家有力地展示出人物前后经历的巨大变化，一个惨遭专制制度和贵族蹂躏的劳动妇女形象跃然纸上，作家深厚的情感也饱含其中，从而形成一种艺术力量。

中国小说中关于肖像的描写也经历了一个发展的过程，中国古典小说也注意人物外形和个性的统一，所谓香草喻美人，就是说一定的思想情操需与相应的外形相匹配。不过有时也流于脸谱化、过于夸张，比如《三国演义》中用"面如重枣"来描述关羽的外貌特征，以红色象征关羽的忠诚，这就成为一个固有的表现程式。又比如，书中一再重复张飞的虎背熊腰、眼如铜铃、声若洪钟，确实表现了人物的性格，也使人物有较强雕塑感，但缺乏变化，无法表现人物更复杂和更细腻的内在。在《红楼梦》中，情况有了很大变化，作家不是简单地描写人物的外形，其笔触更细腻了，体现出的内涵也更多样、丰富了，更多地是强调人物内在的神韵。《红楼梦》

---

① 《复活》，《列夫·托尔斯泰文集》（第十一卷），汝龙译，第6—7页。

是这样描写贾氏三姐妹的:"第一个肌肤微丰,合中身材,腮凝新荔,鼻腻鹅脂,温柔沉默,观之可亲。第二个削肩细腰,长挑身材,鸭蛋脸面,俊眼修眉,顾盼神飞,文彩精华,见之忘俗。第三个身量未足,形容尚小。"这里描写的不仅是身材、面貌,更突出的是神采。《红楼梦》的人物肖像描写、外形描写,不仅写处于静态的人物的外形、面貌和身材,更突出描写处于动态的人物的情态、脸色和表情。在第四十回就有一个人物笑态的精彩描写:

> 贾母这边说声"请",刘姥姥便站起身来,高声说道:"老刘,老刘,食量大似牛:吃个老母猪不抬头!"自己却鼓着腮不语。众人先是发怔,后来一听,上上下下都一齐哈哈的大笑起来。史湘云掌不住,一口饭都喷了出来。林黛玉笑岔了气,伏着桌子嗳哟。宝玉早滚到贾母怀里,贾母笑的搂着宝玉叫"心肝",王夫人笑的用手指着凤姐儿,只说不出话来。薛姨妈也掌不住,口里的茶喷了探春一裙子。探春手里的饭碗都合在迎春身上。惜春离了坐位,拉着他奶母,叫揉一揉肠子。地下的无一个不弯腰屈背,也有躲出去蹲着笑去的,也有忍着笑上来替他姊妹换衣裳的。独有凤姐鸳鸯二人掌着,还只管让刘姥姥。①

这是一段人物外在面貌描写中关于笑的情态的描写,也是群体笑态的描写。刘姥姥为了讨贾母欢心,在二进荣国府时故意搞出许多笑料。她的表白足以令人发笑,但她说完之后自己"鼓

---

① [清]曹雪芹:《红楼梦八十回校本》(上),第425页。

着腮不语",装傻充愣,这就加强了引人发笑的效果。作家一开始没有直接写众人的反应,或者写众人大笑的动态场面,而是欲扬先抑,先写静态,"众人先还发怔,后来一听,上上下下都一齐哈哈的大笑起来,"之后才根据每个人的身份、气质、性格,写出笑的各种情态。先从史湘云开始,她"掌不住,一口饭都喷出来",显出她性格直爽、随性、不拘小节。林黛玉弱不禁风,经不住笑,立刻"笑岔了气",也只能趴在桌上喊"嗳哟"。贾宝玉笑得无法自制,一头滚到贾母怀中,显出他特别受贾母宠爱。王夫人笑得"说不出话来",她用手指着凤姐,表示知道是凤姐导演的闹剧,但又不点破。薛姨妈原先也想控制住感情,结果也撑不住,"口里的茶喷了探春一裙子",探春笑得饭碗都合在迎春身上,而惜春也笑得让奶母给她揉肠子。接着,作家转入描写"地下人"的笑态,她们是"躲出去蹲着笑去的",因为她们是下人,是奴才,不能像主子那样笑得肆无忌惮。一个"躲",一个"蹲",非常切合她们的身份。一场笑戏描写出不同身份、性格的人的不同笑态,不同人物的笑态又相互影响,使整个画面富有动感,活灵活现。

到了现代,中国小说在继承传统小说和借鉴西方小说的基础上,对人物外形的描写更加丰富多彩,也提供了新的经验,在这方面,鲁迅小说人物外形的描写显得很突出。首先,他强调人物外形描写应当与人物的身份和性格相一致,成为表现人物性格的重要艺术手段。在他看来,阿Q的头上是"黄辫子",赵太爷头上是"乌黑发亮",这是不能混淆的,因阿Q是赤贫,营养不良,辫子自然发黄,赵太爷是老板,食甘餍肥,辫子自然黑亮。就阿Q形象的外形描写,鲁迅曾经在《寄〈戏〉周刊编者信》中写道:

在这周刊上,看了几个阿Q像,我觉得都太特别,有点古里古怪。我的意见,以为阿Q该是三十岁左右,样子平平常常,有农民式的质朴、愚蠢,但也很沾了些游手之徒的狡猾。在上海,从洋车夫和小车夫里面,恐怕可以找出他的影子来的,不过没有流氓样,也不像瘪三样。只要在头上戴上一顶瓜皮小帽,就失去了阿Q,我记得我给他戴的是毡帽。这是一种黑色的,半圆形的东西,将那帽边翻起一寸多,戴在头上的;上海的乡下,恐怕也还有人戴。①

鲁迅这段话对于理解阿Q这个形象至关重要,一般人对阿Q戴什么帽子并不十分在意,而鲁迅却认为这个细节十分重要,为了准确地表现阿Q的身份和性格,他连阿Q戴什么帽子都不含糊。他认为阿Q是乡下的农民,虽然也有点愚蠢和狡猾,但本质是质朴的,绝不是流氓、瘪三,戴上毡帽就是阿Q,戴上瓜皮帽就不是阿Q。对于作家来说,人物的外形、穿衣戴帽也不能马虎。

鲁迅表现人物外形描写的另一方面是紧扣小说的时代和人物的命运。在小说《风波》里,茂源酒店主人赵七爷,在"革命以后,他便将辫子盘在顶上,像道士一般",而到了听说皇帝坐龙庭,他"却变成光滑头皮,乌黑发顶",而且穿上轻易不穿的"竹布长衫"。等到张勋复辟失败,他的"辫子又盘在顶上了,也没有穿长衫",而"六斤的双丫角,已经变成一支大辫子了;伊虽然新近裹脚,却还能帮同七斤嫂做事,捧着十八个铜钉的饭碗,在土场上一瘸一拐的往来"。在鲁迅笔下,通过人物外形上一条辫子的前后变化,一双脚

---

① 《鲁迅全集》(第六卷),人民文学出版社1958年版,第117页。

的前后变化，深刻反映出时代风云的变化。而在小说《祝福》中，鲁迅通过祥林嫂外貌和眼神的变化，反映了人物命运的变化，揭示了人物的悲剧命运。祥林嫂年轻时刚死了当家人，来鲁四老爷家做工，这时她"头上扎着白头绳，乌裙，蓝夹袄，月白背心，年纪大约二十六七，脸色青黄，但两颊却还是红的"。在鲁四老爷家干活，食物不论，力气不惜，"全是一人担当，竟没有添短工。然而她反满足，口角边渐渐的有了笑影，脸上也白胖了"。过了新年，她被婆家抓回去强迫嫁给贺老六，可是天有不测风云，丈夫死于伤寒，儿子被狼叼走。之后，祥林嫂又来到鲁家做工。这时，"她仍然头上扎着白头绳，乌裙，蓝夹袄，月白背心，脸色青黄，只是两颊上已经消失了血色，顺着眼，眼角上带些泪痕，眼光也没有先前那样精神了"。上工之后，"主人们就觉得她手脚已没有先前一样灵活，记性也坏得多，死尸似的脸上又整日没有笑影"，"脸色同时变作灰黑"，不到半年，"头发也花白起来了"。作者五年之后再见到祥林嫂，"五年前的花白的头发，即今已经全白，全不像四十上下的人；脸上瘦削不堪，黄中带黑，而且消尽了先前悲哀的神色，仿佛是木刻似的；只有那眼珠间或一轮，还可以表示她是一个活物。她一手提着竹篮。内中一个破碗，空的；一手拄着一支比她更长的竹竿，下端开了裂：她分明已经纯乎是一个乞丐了"。

　　作家对祥林嫂外貌变化的描写是十分形象、精细的，主要突出了她脸色的变化：两颊由红到血色消失，脸色由青黄变灰黑，头发由花白变全白，脸上由有笑影变死尸似的整日没有笑影。更突出写她的眼神由有精神到没有精神，哀莫大于心死，最后"消尽了先前悲哀的神色，仿佛是木刻似的"。一个下层劳动妇女命运的变化、悲惨的命运，通过鲁迅人物外形的描写，深刻地展现了出来。

第五章　小说的人物肖像和人物行为方式

鲁迅在通过人物外形表现人物性格、人物命运和时代风云变幻时，善于运用各种艺术手法，使得人物外形的描写更加准确、形象、生动。比喻就是其中常用的艺术手法，其实中国古代小说在描写人物时就常用比喻的手法。比如，在《水浒传》中，把宋江比为"及时雨"，把李逵比为"黑旋风"，把史进称作"九纹龙"，把杨志称作"青面兽"。鲁迅的小说在描写人物外貌时也继承了这种传统，借用比喻的手法。写身材，把杨二嫂比作"正像一个画图仪器里细脚伶仃的圆规"（《故乡》）。写脸，把柳妈的脸写成核桃，说她"打皱的脸也笑起来，使她蹙缩得像一个核桃"（《祝福》）。写眼睛，形容康大叔"眼光正像两把刀，刺得老栓缩小了一半"（《药》）。写眼白，称阿顺的眼白"青得如夜的晴天，而且是北方的无风的晴天"（《在酒楼上》）。鲁迅运用比喻手法描写人物的外貌，让人物外貌更加生动、传神，也更加突出人物的性格。

二、小说的人物行为方式描写

小说中同人物肖像相联系的是人物的行为方式，它们共同构成了人物的"外在之人"，目的都在于表现人物的心理和性格，进而关联小说情节的发展，再现一个时代的社会生活。

作品中人物的行为方式，或称人物的动作，是人物动作、姿态、语调等因素的总和。在作品中，相对来说，人物的动作、行为方式是外在的，是不断变化的，但它总是指向人物身上和现实生活中某些内在的东西。

作品中人物的行为方式是人物同外界交往的手段，以多样的方式呈现。人物行为方式在作品中的表现取决于内部和外部两个因素，一是取决于人物的个性，人物的动作、手势、语调都来自人物的性格特征；二是取决于社会的规约、传统习俗，还取决于人物同外界交往的目的。从这个角度看，作品中人物行为的表现方式也就比较复杂，一种情况是，人物的行为是顺着自己的天性毫不掩饰地自然流露，所谓我手写我心，不受任何外部条件和规约的限制，完全是无拘无束、从容自然的。另一种情况是，作品中人物的行为常常要受到某种社会规约的限制，受到个人某种目的的限制，于是人物的行为动作有时同他的天性、个性和心理是矛盾的。这类人物常常把自己的真实想法、意图藏在心里，控制自己的心理和感情，用另一种同自己心理和感情不协调的行为方式表现出来，把自己的心理和感情藏在某种面具之下。除了人物行为方式同社会规约的矛盾，在文学作品中，更多的情况是人物往往冲破社会规约及自己身份的条条框框，冲破预先设定的意图，用一些不符合常规的动作、语调、表情，让自己的个性和感情流露出来。

  关于小说人物行为方式的描写，在文学史上经历了一个漫长的过程，各个历史时期的小说在人物行为方式的描写上都带有明显的历史文化特征。在中世纪，主要是再现由习俗预先规定的仪式化的行为动作，强调人物的举止应当符合其身份和传统的规范。而在那些通俗体裁的作品，如喜剧、滑稽体和故事体小说中，则充满无拘无束的、自由不羁的对骂和打斗。在文艺复兴时期，如拉伯雷的小说中，我们可以看到来自狂欢文化的粗俗夸张的动作描写和怪诞的形象，这些人物动作和形象完全不同于官方和宗教所制定的规约。文艺复兴新时代，个人主义动摇了旧的道德规范，文学作品中人物的行为方式日益丰富且多样，自由创造行为方式的时代到来了。到了浪漫主义时期,人对行为方式的自由选择,开始进入前所未有的积极状态,但一些作品的人物也出现了人物行为的人为性、制作性。19世纪现实主义文学作品拒绝那种存心制造、人为设计的人物行为方式,倡导质朴的、非预先设计的、出于内心的行为方式。到了19世纪末20世纪初,浪漫主义式的行为描写又开始复活,在一些象征主义的作品中,人物行为中有神秘的、预言性的意向,有"化妆舞会"的因素,这有别于现实主义文学作品中追求自然、质朴的人物行为方式描写。

在古今中外的文学作品中,有许多精彩的人物行为方式的描写,积累了宝贵的创作经验,下文重点谈谈中国古代小说的人物行为描写和托尔斯泰小说的人物行为描写。

在中国古代著名小说中,人物行为方式的描写服从于人物性格的刻画,而且常用夸张的手法增强作品的艺术效果。《三国演义》第十六回写了一场恶战,用一种戏剧性的、夸张的艺术手法描写曹操手下一员猛将典韦的形象,其中人物一系列的动作写得十分精彩。

> 韦奋力向前,砍死二十余人。马军方退,步军又到,两边枪如苇列。韦身无片甲,上下被数十枪,兀自死战。刀砍缺不堪用,韦即弃刀,双手提着两个军人迎敌,击死者八九人。群贼不敢近,只远远以箭射之,箭如骤雨。韦犹死拒寨门。争奈寨后贼军已入,韦背上又中一枪,乃大叫数声,血流满地而死。死了半晌,还无一人敢从前门而入者。①

---

① [明]罗贯中:《三国演义》(上),人民文学出版社1972年版,第135页。

作家没有对人物做更多的外形描写、心理描写,只是通过一系列夸张的动作描写,让典韦这个只身抗敌、慷慨悲壮的猛将形象跃然纸上。

在《水浒传》中,作者更是重视刻画人物行为方式的个性特征,不仅描写人物做什么,而且描写人物是怎样做的,用具有个性特征的动作来表现人物。小说中,武松和石秀,一个杀的是亲嫂嫂,一个杀的是结拜兄弟的嫂嫂,但都是杀嫂,可是杀嫂的行为方式大不相同,这反映了他们性格的差异。他们两人虽然都是办事周全、行事磊落,但一个是精悍,一个是精细。武松发现武大暴亡,先是找到团头何九叔以刀相逼,找到证据,又找到捉奸的郓哥摸清真相。在告状被拒时,他就"私设公堂",让四邻作证。然后揪住潘金莲和王婆,喝令从实招说,立下字据,四邻也画了字。之后他才杀了嫂子,杀了西门庆,自动去投案。整个行为过程,显出他做事不仅周全、磊落,而且十分强悍。而石秀就不一样了,作者说"石秀是个精细的人",但他不如武松强悍,也不如武松豪放磊落。当嫂嫂与和尚裴如海第一次见面时,他就"自肚里已有些瞧科",真是心细如发。当嫂嫂恶人先告状时,他又暂时隐忍。此后,他先杀了裴如海。在证据俱全后才找到杨雄,让他知道事情真相。最后才杀掉嫂子,兄弟二人一同上了梁山。这位拼命三郎虽然不如武松豪放、磊落、强悍,但细密的心思也跃然纸上了。

在《红楼梦》中,作家不仅通过富有表现力的动作表现人物的性格,同时也借此展示人物生活的复杂生活环境和时代特色。在第二十二回,贾宝玉在贾母处听说要让他和其他姐妹住进元妃空下的园子,喜不自胜,便和贾母要这个,要那个,忽见丫鬟来说:

"老爷叫宝玉。"宝玉"呆了半晌,登时扫了兴,脸上转了色,便拉着贾母扭的扭股儿糖似的,死也不敢去"。但是父命难违,贾母又安慰他,宝玉只得前去,"一步挪不了三寸,蹭到这边来","挨门进去"。去前,"呆""扭"的动作,像老鼠见猫;去时"挪""蹭""挨"的动作,显出不敢违命又不愿从命的复杂神态。贾政的威严,宝玉的无奈,几个动作便将这对父子的关系写得入木三分。会见时,贾政对宝玉又是一通训斥,断喝了一声:"作孽的畜生,还不出去!"这时宝玉"慢慢的退出去,向金钏儿笑着伸伸舌头,带着两个老嬷嬷,一溜烟去了"。"退"是慑于贾政的威严,也是表示恭谨;笑着伸舌头,表示如释重负,一身轻快;"一溜烟去了",更是无限欢快。短短的一次父子会见,从会见前、会见时再到会见后的一系列连续的人物动作描写,把人物的性格和心理活动都生动展示了出来,同时也表现出那个时代父道庄严的气氛,以及卫道与叛道的复杂关系。

中国传统的古典小说的人物动作描写还有一个特点,就是作家不是简单地、机械地描摹人物的动作和行为方式,而是通过这种描写力求渗透作家的审美感情和审美评价。《儒林外史》第四回就有这样一段描写:

知县安了席坐下,用的都是银镶杯箸。范进退前缩后的不举杯箸,知县不解其故。静斋笑道:"世先生因遵制,想是不用这个杯箸。"知县忙叫换去,换了一个磁杯,一双象箸来。范进又不肯举。静斋道:"这个箸也不用。"随即换了一双白颜色竹子的来,方才罢了。知县疑惑他居丧如此尽礼,倘或不用荤酒,却是不曾备办。落后看见他在燕窝碗里拣了一个大虾元子送在嘴里，方才放心。①

《儒林外史》意在批判科举制度和被科举制度毒害的文人，作者用白描的手法，通过不正常、不和谐的人和事，进行委婉而又尖锐的讽刺。作者写范进不举杯箸而单拣大虾元子的动作，是"无一贬词，而情伪毕露"，而且鲜明地渗透着作者嘲讽的审美感情。

在俄罗斯作家中，托尔斯泰非常重视通过人物肖像和动作的描写来展示人物的性格。在这方面，他首先关注人物的动作和人物内心以及人物性格的复杂关系。在他的作品中，他常常表现一些人物动作的做作，在《战争与和平》中，别尔格总是按照准确而谦恭的语调说话；安娜·米哈伊洛夫娜·德鲁别茨卡娅总是装出"忧心忡忡同时又像基督徒一样温顺的样子"；爱伦的脸上常常挂着"清一色的美丽的微笑"。对这种动作和内心不一致的描写，这种为了掩盖内心真实感情而做出的动作和姿态，这种口是心非，托尔斯泰是不喜欢的、讨厌的，他便在作品中极力讽刺，他借娜塔莎评论多洛霍夫的话说："他的一切都是被规定好的，我可不喜欢这样。"相反，托尔斯泰喜欢将人物的内心感情通过率真的、非预定的动作自然流露出来，通过这种行为方式揭示人物的心理和性格是托尔斯泰人物描写的一大特点。《战争与和平》描写了主人公娜塔莎在梅季希看到莫斯科大火时的感情和动作。娜塔莎这时望着莫斯科大火，想着安德烈在前线受重伤，怎么也睡不着。伯爵夫人劝她快点躺下睡觉，娜塔莎回答："知道了……我马上，马上就睡。""她匆匆地脱衣服，解裙带。她脱掉衣服换上短睡衣后，就屈

---

① ［清］吴敬梓：《儒林外史》，作家出版社1954年版，第44—45页。

起腿坐在地铺上,把她那不太长的细辫子甩到胸前,重新编起来。纤细灵巧的长手指快速、利落地解开辫子,编上,扎好。娜塔莎的头习惯地时而向左,时而向右转动着,象发热病似的睁着的眼睛,凝然不动地向前望着。"[1]这段描写中,主人公的动作是富于表情的,她的巨大悲痛和不安是通过连她本人也没有意识到的习惯动作自然流露出来的,惟有如此才显得真实感人。

　　托尔斯泰人物动作描写往往也不是一次性完成的,而是通过一连串的动作揭示人物心理的变化。主人公安德烈在同皮埃尔谈起他即将上战场时,他脸上的每一块肌肉都在神经质地颤动着。几年之后再与皮埃尔重逢时,安德烈那"黯然无光的目光"令皮埃尔十分惊讶。当安德烈与娜塔莎热恋时,他的表情是一副样子,而在波罗金诺战役前夕与皮埃尔交谈时,安德烈脸上又是另一副令人不快的、凶狠的表情。当他在受重伤后与娜塔莎相见时,"他把她的手拉向自己的双唇,轻轻地哭起来,流淌着快乐的泪水",他的眼睛是闪亮的。到最后,在他临终前却只剩"冰冷的、严厉目光"。托尔斯泰通过安德烈前前后后一系列不断变化的动作描写,向我们揭示出安德烈不断变化的心理和复杂的性格。

　　托尔斯泰描写人物动作的另一特点是,善于抓住人物有特征性的、不断出现的习惯动作来刻画人物的心理和性格,托尔斯泰在《安娜·卡列尼娜》中就提到,安娜的丈夫卡列宁在神经紧张时有一个扳手指而把关节弄得"哔剥作响的"习惯动作。小说中写道,卡列宁怀疑安娜对他不忠,想警告她,但又犹疑不决,内心十分挣

---

[1] 《战争与和平》(三),《列夫·托尔斯泰文集》(第七卷),刘辽逸译,人民文学出版社1987年版,第438页。

扎,于是他"十指交叉着,手心朝下……扳直手指,指关节哔剥地响了。这种把手指交叉弄得哔剥作响的动作,这种坏习惯常常使他镇定下来,使他恢复了现在那么需要的清醒的理智"。当安娜回来,他向她提出警告时,他"颤抖着,弯曲他的两手使关节哔剥地响着"。安娜讨厌地说:"哦,请别弄出响声来,我不喜欢这样。"这时卡列宁"镇静地抑制住自己,止住手指的动作"。安娜带着纯真和戏谑的惊异神情问:"到底是怎么一回事?你要我怎样呢?"①扳手指头只不过是一个人的一种习惯动作、一种行为方式,托尔斯泰却敏锐地抓住这个具有特征的习惯动作来表现人物的心理和性格。对卡列宁来说,习惯扳手指头的动作表现出他紧张的心理,那种不愿流露出自己真情实感的性格,而恰恰是这个习惯动作,暴露出卡列宁内心世界某些本质的特征。对安娜来说,率真地说出"不喜欢",不仅表示不喜欢这个动作,更表露她讨厌这个人。

---

① 《安娜·卡列尼娜》(上),《列夫·托尔斯泰文集》(第九卷),周扬译,第191—193页。

第六章 小说的时间和空间

一、现实的时空和小说的时空

时间和空间是小说诗性世界重要的构成因素,也往往是被忽视的因素。小说是具有时间维度的艺术,也是具有空间维度的艺术。小说的情节和人物都是在一定的时间和空间里存在和发展,时间和空间是小说情节的基础。同时,小说也通过一定的时间和空间更好地展现现实和历史中的人和世界。

文学是现实生活的审美反映,小说的时间和空间归根到底也是现实的时间和空间的审美反映。那么,什么是现实的时间和空间?一般来说,时间和空间是物质存在的固有的、普遍的形式。时间是现象和物质状态先后交替的顺序性的形式,体现物质存在的持续性。空间是物质客体和过程的共存形式,体现物质存在的结构性和广延性。历史上对时间和空间有各种各样的看法,辩证唯物主义强调时间和空间都是物质的存在形式,都具有物质的客观性,都同物质运动有不可分割的联系。同时,时间和空间是不可分割的,二者在数量上和质量上都是无限的。

现实的时间和空间反映到小说中,形成多种多样且具有一定内涵的时间形象和空间形象。其中,时间形象包括生平时间形象(童年、青年、壮年和老年)、历史时间形象(时代的变迁和社会生活的重大事件)、宇宙时间形象(宇宙的历史)、昼夜时间形象(白天和黑夜、清晨和黄昏)、日历时间形象(一年四季的交替、一年二十四节气的交替)、节日时间形象(春节、圣诞节),以及过去、现在和将来的时间形象等。其中,空间形象包括城市空间形象和农村空间形象、室内空间形象和大自然空间形象、地球空间形象和宇宙空间形象、封闭的空间形象和开放的空间形象、现实的空间形象和虚构的空间形象等。

上面讲的是现实生活中的时间和空间,物质的客观性是它的重要特点。文学艺术中的时空、小说中的时空源于现实的时空,但它又不同于现实的时空。小说的时空是作家描绘和创造出来的,它具有主观色彩、心理色彩、情感色彩,它被赋予了作家的审美理想,因此小说的时空往往被称之为心理时空、审美时空、艺术时空,这里统称为"小说的艺术时空"。艺术的时空作为心理的时空、审美的时空,是客观时空和主观时空的统一,它有两大特点,一是它不是可以被感觉到的、具有直观性的时空,而是借助作家的想象、联想创造出来的时空,是一种虚构的时空;二是它不是原本的、客观的时空,而是被作家的情感所渲染和创造的时空。由于这两个特点,艺术时空不同于现实的时空,它是现实时空心理化、审美化的结果。我们日常生活中的一些体悟,日常生活中用到的一些成语,一定程度上可以帮助我们理解艺术时空的这些特点。比如,"光阴似箭""度日如年",这是时间的概念,但它不是现实的时间,而是心理的时间,光阴不可能像箭一样飞驶,一日也不可能变成一年,它是用一种想象、联想,带着浓烈的感情,为了表现一种急切的心情,表现一种日子难熬的感情。再比如,"天涯若比邻""咫尺天涯",这是空间的概念,它也不是现实的空间,而是心理的空间、艺术的空间。首先,"天涯若比邻"是将极远空间"当作"极近的空间;其次,"咫尺天涯"则是将极近的空间"直接认定"为极远的空间。"天涯若比邻"典出王勃诗句"海内存知己,天涯若比邻",天涯不可能相邻,它也是一种想象、联想,带着深厚的感情,表现出一种对朋友的深情,"天涯若比邻"的条件是"海内存知己",现实世界的物理空间因心理空间、艺术空间而转换。而"咫尺天涯"与"天涯若比邻"的表意方向恰好相反,咫尺指距离很近,天涯指极远的地方,但是,其中的"心理空间"和"艺术空间"的逻辑是与"天涯若比邻"相同的,也是表达距离虽然很近,却像在遥远的天边,虽在身边,却难于相见的感情。如关汉卿《二十换头·题情》:"马头咫尺天涯远,易去难相见。"

小说艺术时空的特点体现在具体作品之中,小说的艺术时空借助各种艺术手段在作品中有多种多样的表现形态,同时随着时代的发展和文学的发展,也会不断变化。

小说的时间既然是现实时间的审美反映,它的变化和发展,既要遵循社会历史文化发展的规律,也要遵循文学审美观念变化的规律,从古到今并非一成不变。在古代的神话和民间故事中,时间无过去、现在、将来之别,瞬间即永恒,神话和民间文学中的时间是一种非时间性的现象。18世纪以前小说的时间的发展是舒缓、宁静的,没有大的起伏波动。到了19世纪,小说的时间变得起伏跌宕、变化多端。到了20世纪,现代主义小说兴起,时间更变得错乱、颠倒。从古代到现代,小说中的时间基本沿着两条道路发展,一条是尽量贴近自然的客观时间,如现实主义小说的时间;另一条是尽量发挥作家主体的想象,尽量摆脱现实的时间,提倡想象的、主观的心理时间,例如浪漫主义小说,而在现代主义小说中这种倾向变得愈发突出，令人眼花缭乱。从现实主义、浪漫主义到现代主义，总的来说，小说作家一直是在同时间作斗争，他们利用各种艺术手段，力求摆脱真实的时间，创造自己的艺术时间。总体来说，这种为克服真实时间而创造艺术时间的斗争，就是力求通过艺术创新永葆小说青春活力的斗争。

小说的艺术时间是一种心理时间，受到人物情感、想象的影响，摆脱了现实时间的控制，出现各种各样的形态，它是主观性的、假定性的，小说中的时间可长可短、可快可慢、可连续可跳跃、可前后倒置，表现为时间的颠倒、错乱、跳跃、超前、倒退、停滞。下面从时序、时差、时值三方面来解读小说中艺术时间的艺术表现。

首先是时序的颠倒。过去、现在、将来这是现实时间、物理时间的严格顺序，最早的小说严格遵循这一时间顺序，可是后来的小说往往改变这一顺序，将现实时间的顺序加以颠倒、倒叙，出现了时间的倒错、跳跃。我们平常所说的小说的情节，往往就是对本事的颠倒。海明威的《乞力马扎罗的雪》中，其顺叙的内容是一个人在非洲打猎时得了坏疽病后临死的情境，在主人公临死的数小时生活的叙述中反复插入大段的回忆和联想，展示主人公一生的追求、颓唐而不甘沦落的精神生活历程。俄罗斯作家布宁的小说《轻轻的呼吸》就是打乱了原先事件的顺序，原本的时间顺序是：女中学生如何长大成为一个美人，她如何同老地主发生瓜葛，如何勾引哥萨克军官和后来被他打死，以及死后女老师去坟地看她。这种时间叙述顺序，给人的印象是一个女中学生经历的一段乱七八糟的生活，是"生活的混沌"。而在这部小说中，作者彻底打乱了时间顺序，先写她的坟地，然后写她的童年，后来又突然写到她经历的最后一个冬天。在这之后才在同女校长的一次谈话中告诉我们去年夏天发生的事,而几乎在小说的结尾我们才知道她中学时期一段似乎不重要的经历,一段关于"美丽的秘诀在于'轻轻的呼吸'"的谈话。如果前一种时间叙述给人造成的是"生活的混沌"的沉重之感,那么后者的时间叙述给人造成的印象就是"轻轻的呼吸",即"解脱、轻松、超然和生活透明性的感觉",是对美好青春的向往,以及这种愿望得不到实现的淡淡哀愁。

其次是时差的安排。时差的安排是作家超越时间的大胆幻想,把不同时期的事情放在同一时间发生,强烈突出它们之间的差异、对立或关联,从一个特异的视角观察习以为常的事物,让人在震惊之余引发思考。陶渊明的《桃花源记》中,晋代渔人误入桃源,竟然与"不知有汉,无论魏晋"的秦人后裔相遇,渔人和桃花源里的人用的不是同一个计时系统。在桃花源里生活的人,其实是普通人,并不是神仙。作家通过这种时间差异的描写,表现普通人对和平、宁静、幸福生活的向往。英国作家赫伯特·乔治·威尔斯的科幻小说《时间机器》描写了一个科学家驾驶能超越现在时间的机器,跨越到80万年后的世界,发现地球上的人类已经变成两类,一类是不劳而食的"哀尔",另一类是终日劳动、养活"哀尔"的"莫洛克"。小说通过幻想和时间倒错的形式,表明现代社会劳动者和剥削者矛盾激化后将要出现的可怕后果,表现出作家对资本主义社会出现异化的忧虑。

最后是时值的重造。时值就是时间的长短,现实生活中,人们度量时间的尺度是客观的、不变的,这是客观的时值,而人对时值的感知却是带有主观情感色彩的,平常所说的"光阴似箭""一日不见如隔三秋""度日如年",都是主体感知到的时值,一种心理时值,小说中的时值就是这种主体感受到的、充满主体感情色彩的时值。奥地利作家茨威格的小说《一个女人一生中的二十四小时》，描写了C太太的一生，小说中她长达67年的生活，因为"全无意义"，只用了不到两页的篇幅便一带而过，让人觉得那么漫长的人生时间就像过了几分钟一样。而小说中那24小时的短暂时间却被写得洋洋洒洒，足足48页，因为这是她"全神贯注地凝望了整整一生"的经历。作家让读者觉得这一天好像几十年那么长，那么有意义。苏联作家艾特玛托夫的小说《一日长于百年》，写了哈萨克一个错车小站的铁路工人叶吉盖去母亲墓地送葬这天的回忆和思索。从叙述时间来说，作家一头把读者引向远古时代，一头引向未来的外星人的文明故事，用时间的回溯和远望，思考人类的命运。

再说小说的空间。小说空间有别于现实空间、物理空间，它是一种心理空间，一种在情感、想象影响下的空间。杜甫《望岳》："会当凌绝顶，一览众山小。"众山不一定小，但登上绝顶看，便有了一种雄心和气概，它就显得小了。李白的《黄鹤楼送孟浩然之广陵》写道："孤帆远影碧空尽，唯见长江天际流。"长江是在地上，怎么能流到天上呢？长江空间位置的变化，实际是诗人情感使然，是诗人对朋友的一片深情使然。

小说里的艺术空间在作家心理影响下呈现出各种各样、多姿多彩的表现形式。一种是想象空间。小说中，作家在情感影响下往往会产生一种有别于现实空间的想象空间，这是现实物理空间的变形。陀思妥耶夫斯基《罪与罚》中的主人公拉斯柯尔尼科夫在杀死放高利贷的老太婆之后又来到杀人现场。虽然五天之后，房间已经面目全非，但他全然没有看到房间里发生的变化，他的兴奋点还是在杀人那一天的现场，在主人公紧张心理作用下，作品的艺术空间超越了现实的时间和空间。鲁迅的小说《明天》中,单四嫂死了宝儿之后,独自待在屋里,由于内心的悲哀和孤寂,"他站起身,点上灯火,屋子越显得静。他昏昏的走去关上门,回来坐在床沿上,纺车静静的立在地上。他定一定神,四面一看,更觉得坐立不得,屋子不但太静,而且也太大了,东西也太空了。太大的屋子四面包围着他,太空的东西四面压着他,叫他喘气不得。"[①]单四嫂的房子其实还是原来的房子,不大也不空,由于孩子去世的悲哀和孤独,她觉得屋子太大、太空,这完全是一种心理空间感,一种艺术空间感。

另一种是幻想空间,这也是一种心理空间,是对作家幻觉空间的艺术表现。小说中的梦境、仙境、地府等都是幻觉空间。这种幻想空间是经过作家主观意象的重新组合并发生大幅度的变形后形成的艺术空间,也是作家情感的一种寄托和物化。毛泽东的词《蝶恋花·答李淑一》:"我失骄杨君失柳,杨柳轻飏直上重霄九。问讯吴刚何所有,吴刚捧出桂花酒。寂寞嫦娥舒广袖,万里长空且为忠魂舞。忽报人间曾伏虎,泪飞顿作倾盆雨。"诗中所写的是一个奇异瑰丽的仙境,是一种艺术空间,它是由作者对先烈的浓烈的情感幻化出来的。意大利作家但丁的《神曲》用中世纪文学特有的幻游形式,以自己为主人公,假想自己作为一名活人对死人的王国进行一次幻游。全书从结构来说,分成地狱、炼狱和天堂三个世界,这三个世界也就是三个幻想的艺术空间。作家通过诗人幻游过程中对上百个人物的描写,反映了意大利从中世纪向近代过渡时期的生活画面,透露出新时代人文主义的曙光。作品看似是幻想的

---

① 《鲁迅全集》(第一卷),第40—41页。

艺术空间，表现的却都是现实生活的变化。奥地利作家卡夫卡的小说《城堡》所写的城堡也是作家幻想中的艺术空间，主人公K要进城堡，要求（官府）批准在附近的村子里落户，它虽近在咫尺，却似在千里之外，通往城堡的路并无障碍，但K历尽艰辛始终不能接近它。作家在作品中创造的幻觉世界和艺术空间，正是作家压抑心情的沉积物。

讲完小说艺术时间和艺术空间的特点，及其在小说中的艺术表现之后，再来看看小说艺术时空在小说中的功能和意义。首先，小说的时空是小说情节的基础，起到组织结构作用，作家利用艺术时空来组织作品，深化作品的内容和人物的内涵，保证小说作为一个整体被读者接受。

小说要叙述故事和刻画人物，就要建立起供情节展开和人物活动的艺术时间和艺术空间。艺术时间在小说中起组织结构作用，主要是处理时间的因果关系，处理生活的本事和小说情节的关系。其结构手段有两种，一种是侧重于客观性的叙述时序，另一种是侧重于主观性的叙述时序。艺术空间在小说中也起到组织结构作用，这是另一种情况，在一些小说中时间关系相对居第二位，小说虽然也存在时间，但主要由空间的相互关系确定，形成一个以对称、增长、对立、平行为基础的结构，这种结构被称为空间结构。但丁的《神曲》就是以地狱、炼狱、天堂三界的空间结构组成的作品。《西游记》也可以归入由空间组织起来的作品，整个小说除了有一点时间和故事连接，其中各个故事都是自成事件，之间没有因果关系，整个小说是由不同的地点、不同的空间组织起来的。

其次，小说的艺术时空在小说中起到描绘作用。艺术时空有组织作品的结构功能，还有描绘的功能。在作品中，时间和空间不是游离于情节和人物之外的,作品的情节和人物要在作品的艺术时间和艺术空间中得到具体化,得到描绘,变得有血有肉。同时小说是一切抽象的因素,如哲学和社会学的概括,也可以通过作品的艺术时间和艺术空间得到充实,成为有血有肉的因素,融入艺术形象之中。

最后,小说的艺术时空在小说中还有认识意义。文学时空是现实时空的反映,它不仅是一种艺术形式,归根到底它还要通过一定的艺术形式展现现实中的、历史中的人和世界,再现形形色色的、复杂的社会关系,赋予艺术时间和艺术空间深刻的内容和意义。就小说中的艺术空间而言,但丁《神曲》中的三个世界(地狱、炼狱、天堂)、卡夫卡的《城堡》中的城堡,作为一种艺术空间,都有深刻的象征意义和思想深度。

二、巴赫金的艺术时空体理论

谈到小说的艺术时空问题,就不能不提到巴赫金的艺术时空理论,他的艺术"时空体"理论,或称赫罗诺托普理论,强调艺术时间和艺术空间的内在联系,对艺术时空的研究产生了重要影响。巴赫金主要在《小说的时间形式和时空体形式——历史诗学概述》(1937—1938),同时也在《教育小说及其在现实主义历史中的意义》(1936—1938)和《陀思妥耶夫斯基诗学问题》(1929)中,阐明了自己独特的小说艺术时空理论,对小说艺术时空理论进行了开创性研究。

马克思唯物主义的时空观指出,一切物质的基本形式是时间和空间，二者不可分离。对于时间和空间的研究，同人类对世界存在的认识和把握相联系，而对艺术的时间和空间的研究，也同文学艺术把握现实的形式相联系。巴赫金根据马克思唯物主义时空观，同时也从康德关于把时间和空间作为认识现实的重要形式的理论中得到启发，提出了艺术时空体的理论。巴赫金的艺术时空体理论包含以下主要内容：艺术时空体是文学艺术创作中时空关系的艺术把握，是两者之间的桥梁；艺术时空体强调时间和空间的不可分割，其中时间占主导地位；艺术时空体是形式兼内容的范畴，具有价值意义；艺术时空体是历时性的，不同时期的艺术时空体有不同的历史内容；艺术时空体具有重大体裁意义，小说体裁的类别和不同作家的风格都同它有密切关系。

巴赫金的艺术时空体研究并不局限于理论层面的论述，他在对艺术时空体的内涵做了理论概括之后，用了大量的篇幅进行历史阐述，展现了上至古希腊罗马小说，下至歌德、拉伯雷、陀思妥耶夫斯基的小说中文学时空复杂的历史演变过程，展现了这些不同历史时期形成的多种小说时空体的类型和特色，用历史阐述的方式使艺术时空体的理论内涵具体化，并引向深入。

巴赫金首先分析古希腊罗马小说的时空。他指出，这个时期创造了三种类型的小说、三种小说类型的时空。第一种类型是传奇教喻小说，典型的情节是描写一对男女从恋爱、受挫折到订婚的故事，在这个过程中，人物没有变化，爱情也没有变化，它的时空特点是抽象性和稳固性，既不进入日常生活时间，也不进入历史时间。小说的空间也仅仅是一个空洞、抽象的场所。第二种类型是传奇世俗小说，这种小说的时空特点是将传奇时间和世俗时间结合，使小说的叙述克服了抽象性，有了具体性。但是由于小说的主人公是独自的、孤立的人,人和世界之间的联系只是表面上的,小说所呈现的时间序列是封闭的,没有进入历史时间,时间描写的完整性和历史性并没有完成。第三种是自传和自传小说。这种自传体和传记小说虽然在希腊自传和罗马自传中各有特点,但已经开始改变个人私密性质,具有公共性质。巴赫金在分析完这三种类型之后,又谈到这些小说把握时间的共同特点,提出"时间的完备性"和"历史倒置"两个重要问题。前者指时间要有起码的完备程度,要表现出时间的进程,这是古希腊罗马小说新型的完备时间的萌芽。后者指用神话思维和艺术思维把正义、完美等美好东西归之于过去的时间,同时又抽空未来的内容,宣扬世界末日论。巴赫金并不同意这种观点,他肯定人的力量,肯定现实物质世界,不指望用彼世来弥补现世的不足。

　　巴赫金也谈到中世纪骑士小说,认为骑士小说的时空体出现新的因素,一是"突然"似乎变成正常,完全服从于骑士建立功勋的目的;二是小说主人公都是有个性的、有代表性的;三是主人公和他所活动的世界两者之间没有裂痕。他认为,骑士小说的一个重要特点是出现了童话的时间或夸张的时间,出现了主观摆布的时间,而这种时空安排就更接近于艺术时间。

　　在分析完古希腊罗马小说的时空之后,巴赫金重点研究了歌德、拉伯雷、陀思妥耶夫斯基的小说作品中的艺术时空。首先是拉伯雷小说的时空。巴赫金指出,拉伯雷小说的特点在于人以及他生活的一切行为、一切事件与时空世界有一种特殊关系,在这种特殊关系中,价值和规模成正比,一切有价值的东西应该把自己的优势体现在时空的优势上。以这种正比关系为基础,拉伯雷同文艺复兴时代其他作家一样,"产生了对人世时空的特别信任感,产生了追求邈远广阔时空的激情"。①这种激情是同中世纪相对立的，拉伯雷极力想"再现同品质相称的时空世界，作为描写新型和谐而完整的人和描写人与人新的交往形式所必需的新的时空体"。②巴赫金在这里强调，拉伯雷小说的新的时空体同文艺复兴的时代要求相一致，它要求破坏世界的旧图景，建设世界的新图景。

　　巴赫金认为，拉伯雷采用怪诞现实主义的方法表现新的时空，这种方法具有"现实主义的幻想特色"。他指出："这一艺术方法的实质，首先就可以归结为破坏一切习惯的联系、事物间和思想间普通的毗邻关系，归结为建立意想不到的毗邻关系、意想不到的联系，其中包括最难预料的逻辑关系（'不合逻辑的现象'）和语言关系（拉伯雷所特有的语源、词法、句法）。"③他认为，一切旧的联系是被传统巩固的，是得到官方和宗教推崇的，是歪曲事实的，必须建立新的毗邻关系，让所有事物顺应本性地、自由地结合起来，揭示新的世界图景。为了完成这个人物，巴赫金指出，拉伯雷在小说中依靠民间创作中的笑文化，依靠笑把传统中联系着的东西分割开来，使传统中远离的事物相接近，而这一切又是通过组织多种多样的既可组合事物又可分割事物的序列实现，其中如生理角度的人体系列、人的服饰系列、食物系列、饮酒和醉酒系列、性生活系列、死人系列、大便系列，等等。下文以人体系列为例，拉伯雷在小说中艺术地描写人体的各个部分，以及人体所有的器官和功能。巴赫金指出，作家描写的人体系列旨在同中世纪禁欲主义的彼岸

---

① 《巴赫金全集》（第三卷），白春仁、晓河译，河北教育出版社1998年版，第364页。
② 同上。
③ 同上。

思想相对立,同放荡粗野的实际相对立,"他特别想表现出人体及其生命的不同寻常的复杂性和深刻性,揭示出人的躯体在现实的时空世界里具有的新意义、新地位。"①这就是以人、人体为中心,在人和世界的血肉联系中,建立新的世界图景。拉伯雷在人体描写中充满怪诞幻想,把怪诞的幻想同生理解剖分析结合在一起,如描写给庞大固埃治病,向他胃里送进拿铁锹的工人和农夫,还有七个人带着筐准备清除胃里的污秽物。这些怪诞的人物形象描写揭示了人的躯体的构造及其活动的一切过程,更重要的是使事物、现象和思想的多样世界同人体并列为邻,把世界躯体化、物质化,使一切均参与时空系列,用人体的尺寸去衡量一切。在分析了各个系列之后,巴赫金指出,拉伯雷小说时空是一个"人们可以自由实现自己潜力的世界",这个时空世界是"重新发现的文艺复兴时代的宇宙",是"天文学阐明了的宇宙"。他说:"拉伯雷在自己小说中仿佛给我们揭开了人类生活的毫无局限的宇宙时空体。而这同即将到来的地理学和宇宙学伟大发现的时代,是完全合拍的。"②

其次是歌德小说的时空。巴赫金认为,人们对时间的把握,特别是对历史时间的把握,可以分为三个层次:一是,人在自然界显示出来的时间,如一年四季可感的特征等;二是,人在创造成果和智慧结晶中显示出来的时间,如城市、艺术品等;三是,在作为社会发展的动力的社会经济矛盾中显示出的时间。现实时间、历史时间是可从世界空间整体中看到的,而且这个整体是成长的、变化的。根据对历史时间的理解,巴赫金认为"世界文学中审视历史时

---

① 《巴赫金全集》(第三卷),白春仁、晓河译,第366页。
② 同上书,第443页。

间而到达顶峰的,其中之一便是歌德"。①他认为歌德在艺术创造中,在文学作品中对时间的感觉和表现有三个基本特征。

一是完整性。这指的是歌德小说中时间是具体的、可视的、充实的,时间通过空间得到表现,时间和空间是不可分割的、融为一体的。在歌德看来,一切最复杂和最关键的概念和思想,总是能用可视的形式表现出来,"歌德具有空间中看出时间的非凡能力"。②在他的作品中,一切事物都打上了时间的烙印,而时间及其所有重要因素,都限定在具体的空间里。由于一切都是时空,都是真正的时空体,这就有可能在时代整体性的切面上展示出完整的生活和世界。

二是圆满性。这指的是把时间的过去、现在和将来融合成一个整体。巴赫金指出,歌德历史时间视觉所具有的重要特征是:"过去本身应是有创造力的,应是在现在中起着积极作用的(哪怕对现在起着消极作用的、不希望出现的作用的)。这种积极的、有创造力的过去决定着现在,并与现在一起给未来指明了一定的方向,在一定程度上预先决定着未来。对时间的观照由此而变得圆满,而且是明显可见的充分圆满。"③这种圆满性的历史时间视觉对歌德的创作十分重要,它克服了虚幻的成分,增强了现实的成分,一股清新的未来之风越来越强烈地深入歌德的时间感受中,产生了现实主义的时间感。巴赫金认为"这一时间感就其力量及鲜明程度来说,在世界文学中是绝无仅有的"。④

---

① 《巴赫金全集》(第三卷),白春仁、晓河译,第235页。
② 同上书,第241页。
③ 同上书,第246页。
④ 同上书,第250页。

三是*必然性*。这指的是要在可见的空间中揭示出明显的、历史的内在*必然性*。人类的创造具有自身的内在规律，它应当是必然的、合乎逻辑的和具有真理性的。巴赫金指出，歌德对任何的任意性、虚构性、抽象性的幻想深恶痛绝，他关注的不是抽象的道德规范（抽象的公正性、抽象的思想等），而"创造的必然性和任何历史事业的必然性，在歌德看来才是至关重要的。……必然性成为组织歌德的时间感的中心。他希冀用必然性的链条把现在、过去和未来连接到一起"。① 这就是说，歌德关心的不仅是历史的过程、历史的联系，他更关注和寻求历史发展的内在必然性。同时，他又认为历史必然性是可见的、具体的、物质的必然性。人类的历史和地球的空间是不可分割的，是纠缠而不可分割的结，历史的必然性必须从可见的、具体的、物质的必然性中去寻找。

最后是陀思妥耶夫斯基小说的时空。陀思妥耶夫斯基是继拉伯雷、歌德之后巴赫金用来研究小说时空体的第三位重要作家。他在拿陀思妥耶夫斯基同歌德、托尔斯泰作对比的基础上，指出了陀思妥耶夫斯基小说时空体的两大特点。

一是，陀思妥耶夫斯基小说的时空体是狂欢化的时空体。巴赫金指出："陀思妥耶夫斯基在自己的作品中几乎完全不用相对连续的历史发展的和传记生平的时间，亦即不用严格的叙述历史的时间。他'超越'这种时间，而把情节集中到危机、转折、灾祸诸点上。此时的一*瞬间*，就其内在含义来说相当于'亿万年'，换言之，是不再受到时间的局限。空间他实际上同样也超越了过去，把情节集中在两点上。一点是在*边沿上*（指大门、入口、楼梯、走廊等），

---

① 《巴赫金全集》（第三卷），白春仁、晓河译，第253页。

这里正发生危机和转折。另一点是在广场上（通常又用客厅、大厅、饭厅来代替广场），这里正发生灾祸或闹剧。这就是他的时空艺术观。"①

不同于托尔斯泰时空体的传记时间，巴赫金把陀思妥耶夫斯基小说的这种时空称为"狂欢化了的时间"②。这种时间不是叙述历史的时间，它仿佛是从历史时间中剔除的时间，它超越了人表面的、理智的逻辑。在这种狂欢化的时空里，时间和空间都不是现实生活中的时间和空间，它"渗透着强烈的感情和价值意味"③，并获得了狂欢式的象征含义和隐喻含义。主体强烈的感情色彩和象征、隐喻的艺术形式，可以说是作家狂欢化时空的重要特点。在中篇小说《赌徒》中，时间和空间都是狂欢化的。赌徒们聚在轮盘赌桌前，由于全看运气，机会变得完全平等。他们的举动完全脱离了日常生活中所扮演的角色，赌博的气氛忽升忽降，赌注好比是危机，人好像是站在门槛上。这时赌博的时间也是一种特殊的时间，一种狂欢化了的时间，因为这里的一分钟同样能等于好几年。主体强烈的情感和象征隐喻的含义，可以说是作家小说狂欢化时空的两大特点。

二是，陀思妥耶夫斯基小说的时间是空间化的。巴赫金指出，像歌德那样的艺术家，本能地倾向于描绘处于形成过程中的事物，他力图把所有共存于一时的矛盾看作某一个统一的发展过程中的不同阶段，在现实的每一事物中看出过去的痕迹、当今的高峰和未来的趋势。同歌德相反，陀思妥耶夫斯基不强调历时而强调共时。

---

① 《巴赫金全集》（第五卷），白春仁、顾亚铃译，第198页。
② 同上书，第235页。
③ 《巴赫金全集》（第三卷），白春仁、晓河译，第450页。

在他的小说中，不写人物的渊源，主人公的行为并无前因，全展现在此时此刻。他力图将不同阶段按戏剧方式加以对照，却不把它们延伸为一个形成过程。对于这种独特的艺术时空，这种独特的艺术观察方法和表现方法，巴赫金做了如下概括："陀思妥耶夫斯基艺术观察中的一个基本范畴，不是形成过程，而是同时共存和相互作用。他观察和思考自己的世界，主要是在空间的存在里，而不是在时间的流程中。由此便产生了他对戏剧形式的深刻爱好。"[1]由于这种强烈的艺术追求，要把一切作为同时共存的事物来观察，似乎一切只在空间中而不在时间中描绘，"其结果，甚至一个人的内心矛盾和内心发展阶段，他也在空间里加以戏剧化了"。[2]

陀思妥耶夫斯基主要在空间存在里而不在时间流程中观察和表现世界，是同他力图表现时代的多元性和矛盾性相联系的。他不是在个人的精神世界里，而是在客观世界中发现和理解时代的多元性和矛盾性。共存于客观生活的不同领域，展现着他生活的不同阶段，也是他精神成长的不同阶段。这种共时的描写方法，更能在瞬间的横剖面上展现纷繁多样的事物，更能深入事物的本质，揭示人物内心的矛盾和冲突，同时也更能增强作品的戏剧性，出现巴赫金所说的"令人瞠目的情节剧变，'旋风般的运动'，陀思妥耶夫斯基的流动感"。然而，巴赫金也指出，作家这种共时性的表现方法"是他伟大的力量之所在，又是他巨大的弱点之所在"[3]。这主要表现在，他的思维中看不到渊源因果的范畴，他几乎不诉诸历史本身，任何问题都从现代角度来处理；同时，也表现出作家明显

---

[1] 《巴赫金全集》（第五卷），白春仁、顾亚铃译，第37页。
[2] 同上书，第38页。
[3] 同上书，第40页。

的世界末日论,他利用作品加速了"结局"的到来,要在此时此刻便预感到末日,认为共时共存的不同力量的搏斗已经有了未来的存在。

通过以上的介绍和分析可以看出,巴赫金对小说时空研究的内容是十分丰富的,而且是独特的。他除了从理论和实践相结合的角度阐明艺术时空体的具体内容和特点之外,还指出了时空体的研究对小说研究的意义。除了上面已经谈到的情节结构意义、描绘意义和认识意义,巴赫金还特别指出艺术时空体对研究小说体裁的意义。他说:"时空体在文学中有着重大的体裁意义。可以直截了当地说,体裁和体裁类别恰是由时空体决定的。"①他就是根据时空体的不同特征来分析古希腊罗马、中世纪、文艺复兴小说的体裁特征,分析拉伯雷、歌德、陀思妥耶夫斯基小说的体裁特征,说明时空体是长篇小说体裁及其变体的基础。

巴赫金的艺术时空理论不仅对于小说研究,而且对于文学理论研究,都做出了重要的理论贡献。第一,巴赫金一反传统将小说时间和空间割裂开来的做法,首次提出小说时间和空间不可分割的理论,并且称之为"时空体"。他说:"在文学中的艺术时空体里,空间和时间标志融合在一个被认识了的具体的整体中。时间在这里浓缩、凝聚,变成艺术上可见的东西;空间则趋向紧张,被卷入时间、情节、历史的运动之中。时间的标志要展现在空间里,而空间则要通过时间来理解和衡量。这种不同系列的交叉和不同标志的融合,正是艺术时空体的特征所在。"同时他又最早指出,"在文

---

① 《巴赫金全集》(第三卷),白春仁、晓河译,第275页。

学中,时空体里的主导因素是时间。"①这样,他不仅阐明了时间和空间的不可分割性,以及两者之间相互联系和相互作用的辩证关系,还强调了时间在其中的主导作用。这就为艺术的时空研究奠定了理论基础,指明了研究的方向。

  第二,巴赫金不仅从形式的角度理解艺术时空体,还把时空体理解成"形式兼内容的一个文学范畴"②。他强调文学的时空是现实时空的反映,文学把握现实的、历史的时间和空间,归根到底是为了把握展现在时空中现实的和历史的人,是为了更好地认识现实的、历史的人和世界。也就是说,艺术时空体是有内涵的,有认识意义的。从这个角度出发,他指出"时空体在作品中总是包含着价值的因素","艺术和文学中都渗透着不同程度和不同大小的时空体价值"。③像道路、城堡、沙龙客厅、门槛这样一些时空体,都渗透着强烈的感情和价值意味,比如道路时空体,它是各种人物在一个时间和空间点上的交遇,它必然形成人物之间的对照,人物不同命运的交织,会出现丰富的内涵。普希金《上尉的女儿》的主人公格里尼奥夫途中遇到暴风雪,她在小客栈同农民起义领袖布加乔夫相遇,这就决定了小说的情节和人物的命运。而在沙龙客厅的时空体里,社会历史内容和个人内容相交织,汇成时代统一的标志,时代于是变成具体可见的、清晰的情节。

  第三,巴赫金重视从历史的观点看待艺术时空体,而不是把艺术时空体看成不变的,他认为艺术时空体是有历时性的,是一个历史的范畴。他指出,在不同的时代中人们使用时间和空间的不同

---

① 《巴赫金全集》(第三卷),白春仁、晓河译,第274—275页。
② 同上书,第274页。
③ 同上书,第444页。

组合,使用不同的艺术时空体来认识和表现他们所生活的时代和世界。在《小说的时间形式和时空体形式》这部专著中,他运用历史主义的观点,详细分析了长篇小说时空体从古希腊罗马到19世纪末的历史演变,并把专著的副标题称之为"历史诗学概述"。强烈的历史感充满巴赫金的小说时空研究,坚持历史主义的研究方法,是巴赫金有别于其他学者艺术时空研究的重要特色。正是时间和空间的融合、内容和形式的结合、理论阐释和历史分析的贯通,使巴赫金的小说时空研究拥有超出前人的独创性和贡献,也为我们的小说写作和小说欣赏提供了有益的启示。

第七章　小说中的插叙：抒情插笔和闲笔

　　谈到小说的诗性世界，人们往往忽略了其中的插叙因素。插叙因素在现代小说中有时被称为"抒情插笔"，而在中国古代小说中则被称为"闲笔"。

　　小说中的插叙是作者表明自己对所描写的事物态度的语言，是作家和读者情感交流的手段。它属于非情节因素，不同情节发生直接关系，却是作品的有机组成部分，它与情节共同构成作品的完整结构。

　　插叙在小说中可以帮助情节的展开，帮助刻画人物性格，乃至丰富和深化作品的思想内容，将读者引入作者创造的理想世界。插叙还可以突破小说叙事的平淡，利用插叙调整小说的气氛和节奏，活跃小说的文势。

　　插叙在小说中有时以议论的形式展开，但它不同于哲学和政论，这种议论必须与作品的情感因素相融合，而不是直白地表达自己的思想观点，否则就成了抽象的说教。

　　插叙在不同地域作家、不同时代作家的小说中，有不同的艺术表现形式。有的作家的插叙是插入一定的故事或事件，有的是带有感情色彩的抒情插笔。19世纪的作家大多重视插笔的运用，而那些把微观的、客观的描写视为累赘的19世纪末的作家很少将插笔作为结构因素运用。当代的一些作家更是很少采用抒情插笔的艺术手段同读者"交谈"。而中国古代小说中的闲笔，则又有自己的艺术特征。

下文将分别通过对俄罗斯小说中抒情插笔的分析，以及对中国古代小说中闲笔的分析来具体认识插叙的艺术特征和艺术作用。

一、俄罗斯小说中的抒情插笔

"抒情插笔"是俄罗斯小说中一个独特的、为人称道的现象，从普希金、果戈理、屠格涅夫到托尔斯泰、契诃夫，他们的小说常常以第一人称"我"的身份，以热烈的、浓郁的抒情，表达对世事人生、作品主人公的看法，与读者进行心灵的沟通。这种"抒情插笔"有助于塑造人物的性格，深化作品的思想内容。

普希金的小说《叶甫盖尼·奥涅金》就是以运用抒情插笔著称，普希金把这部小说称之为"诗体长篇小说"，是因为它是诗和小说这两种文学体裁的融合。这部作品是用严格的、独创性的诗歌格律写成，作者充分利用了诗歌艺术中一系列的表现手法，其中特别突出了"我"的形象，大量运用抒情插笔，大段的插笔有27处之多，这些抒情插笔饱含作者的情感，或是表现对人生世态的看法，或是表达对主人公的感情，或是谈自己的创作，或是对社会上和文学界丑恶现象的讽刺，或是对俄罗斯大自然的陶醉。其中有的饱含深情，有的富于哲理，有的锋芒毕露，有的风趣盎然。这些抒情插笔虽然看似与主要事件和情节无关，但正是大量的、多层次的抒情插笔扩大了作品的容量，深化了作品的内涵，增强了作品的艺术感染力。

在作品中,"我"是原原本本的作家的形象,他坦诚地表现自己的人生遭遇、自己的爱情和友情以及思想观点。在第一章里,作者交待了奥涅金离开城市到乡村后的心情和体验,同时吐露自己的情怀,回忆过去的生活和友情,表现自己对生活的看法和追求,幻想和主人公一起"回到青春生命的早晨"。同时,还谈到自己这部作品的构思,想象作品发表后的反应。

在作品中,作者把自己、把"我"描写成主人公的好朋友,通过抒情插笔,我们可以真切感受到作者对主人公深切的感情,他同主人公一起生活,一起恋爱,一起遭遇生活的不幸,为他们留下同情的眼泪。这种描写可以帮助我们更深入地体验作品主人公的感情和思想,更深入地认识主人公的性格。在作品第一章中,他从好朋友的角度,讲述他和奥涅金"建立了友情","爱他身上种种特点,爱他对幻想的不自主的忠诚,爱他那无法仿效的怪性情和他那锐利而冷静的智慧"。说他对"奥涅金的那根舌头","对他出口不逊的争论,半含辛酸、半含诙谐的笑谈,恶毒的警句,也逐渐习惯"。后来,不论是奥涅金和连斯基决斗之后,还是奥涅金和达吉亚娜的最后诀别,"我"都同奥涅金在一起,通过他的抒情插笔,让我们去理解这个"多余人"的感情世界并对他做出评判。至于作品中女主人公达吉亚娜,作者更是通过"我",通过抒情插笔流露出对她深深的爱,以及对她的命运的同情,并一再称她为"我的忠贞不渝的理想""我的达吉亚娜""我可爱的达吉亚娜"。作者歌颂她的天真、纯朴、善良,说她"忧郁、沉默、孤傲不群,像只林中小鹿,怕见生人,她在自己爸妈身边,仿佛是领来的养女一般"。作者也为我们展示了达吉亚娜的真诚、大胆和富有个性的一面，说她敢于不顾一切、不计后果，大胆主动地向奥涅金表白，"流露出一个天真少女的爱情"，说她不像"风情女子全都心计多端"，而"只会真诚地爱，她献身爱情毫无条件，恰似一个可爱的婴孩"。作者通过抒情插笔表现对男女主人公的同情，也通过抒情插笔抨击城市上层生活的乌烟瘴气，歌颂城乡大自然的美好，正是俄罗斯的大自然和民间的文化哺育了主人公美好的性格。小说描写达吉亚娜在乡下，从不喜欢轻浮、喧嚣的打闹，不喜欢上流社会的豪华、纷乱和乌烟瘴气，她"喜欢站在小阳台上，静静地等候朝霞的出现，那时地平线上一片苍茫，星星的圆舞正在消散，大地的边缘正在悄悄转亮，黎明的使者，微风，在荡漾，一个新的日子步步降临"。后来她即使到了城市，也还是想念乡下，"她厌倦上流社会的纷乱；她在这儿气闷……通过幻想，她正奔向田野，奔向家乡，奔向那些穷苦庄稼人的身边，在那远离尘嚣的僻静角落，流淌着一条清亮的小河……"小说中的抒情插笔无论是对人物还是对社会的描绘，都紧紧扣住表现人物性格和揭示社会的矛盾的特点。

果戈理的小说《死魂灵》中，作者的插叙运用也很突出。最有名的是在小说中插入"戈贝金大尉"的故事。小说第十章，一班官吏在警察局长家相聚，邮政局长在大家猜想乞乞科夫是何人时，讲起了"戈贝金大尉的故事"。戈贝金大尉因参加1812年的战争失去一只胳膊和一条腿，成为残废，无以为生，只好在彼得堡各个衙门四处奔走，以求得救助。可是他非但得不到回家的抚恤，还被官吏们视为不安分守己、扰乱治安的人，因而被押回原籍，最后只好当了强盗。这个故事看似同整个故事情节没有直接联系，但在小说揭露俄罗斯农奴悲惨命运的整体叙述中别有深意，它揭露了沙皇政府的反人民本质。这样一针见血的讽刺让当年政府出版检查机关执意将它删去,果戈理曾和他们发生争执,最后只得妥协并做了修改。

《死魂灵》除了"戈贝金大尉"这个插叙,还有大量表现作者主观精神的抒情插笔,这些抒情插笔充满作者的激情,或表明作者的艺术观,或感叹人性的堕落,或讽刺社会的不安,或思考祖国的命运。这些抒情插笔扩展了小说的思想容量,增强了小说的艺术魅力。第六章描写地主泼留希金,他是一个吝啬鬼、守财奴,他拥有成千农奴,家里财物堆积如山,而他却衣衫褴褛,吃粗劣食品,过着乞丐般不像人的生活。作者写道:"在他身上,人的情感本来就不深厚,现在一分钟一分钟地枯竭下去,于是,在这片废墟里每天都要消失掉一点东西。"他感叹说:"一个人居然会堕落到这样卑微、悭吝、丑恶的地步。"作者的一声叹息充满了对这个丑恶灵魂的憎恶。

《死魂灵》中最后一章的两段是最精彩、最令人称道的抒情插笔,也是对俄罗斯的沉思:

> 俄罗斯!俄罗斯!我看见你了,从我那美妙迷人的远方看见你了:你贫瘠,凌乱,荒凉;你既不愉悦眼睛,也不惊心动魄……可是,究竟是什么不可捉摸的、神秘的力量把我往你的身边吸引?为什么飘荡在你山川平原上的忧郁的歌声总是在我的耳边回响缭绕?这里面,这歌声里面,蕴含着一股什么力量?是什么在呼唤,在鸣咽,在紧紧地揪着我的心?是什么音律在灼热地吻我,闯入我的灵魂,萦回在我的心头不愿离去?俄罗斯!你究竟要我怎么样?究竟有什么不可捉摸的联

系深藏在你我之间？①

在作品的结尾部分，果戈理发出"俄罗斯，你究竟飞到哪里去？"的疑问，他把俄罗斯比喻为一辆飞奔的三驾马车，确信它将超越一切，奔向远方。

果戈理《死魂灵》中这两段抒情插笔确实不同凡响，第一段表达了作家对俄罗斯的深情，难得的是能透过贫穷落后的俄罗斯看到它内在的力量。正如涅克拉索夫所歌颂的："你又贫穷，你又富饶，你又强大，你又衰弱，俄罗斯母亲！"第二段是以三驾马车的形象表达作家对俄罗斯未来的憧憬。这两段抒情插笔看似与小说的主要情节没有直接关联，却有内在关联，作家是以俄罗斯的内在力量来反衬当下丑恶的俄罗斯现状，是以俄罗斯美好的明天来反衬今日的俄罗斯。这两段抒情插笔之所以动人，在于它的思想力量和艺术力量，作家用美好的形象、动人的激情和丰富的想象，在黑暗中给人一种力量和希望。

屠格涅夫无论在俄罗斯文学还是在世界文学中，都以抒情大师著称。他的小说既是写实的，又是抒情的，人们常把他的现实主义称之为"抒情的现实主义"。屠格涅夫这一创作特色，使得抒情在他的小说中占有重要地位。他在小说中既借笔下人物来表现自己的情感，常常也在情节发展之外直接抒发，因此抒情插笔在他的小说中占有重要地位。

屠格涅夫小说中的抒情插笔是多种多样的。常见的一种抒情

---

① 〔俄〕果戈理：《死魂灵》，满涛、许庆道译，人民文学出版社1983年版，第178—179页。

插笔是同风景的描绘相结合,他常常在自然风景的描绘中渗透自己的感情,使作品充满诗情画意,达到一种情景交融的境界。在《猎人笔记》中,大自然的风景是通过猎人的眼睛来描绘的,渗透了作家的情感:"啊,夏天七月的早晨!除了猎人,谁能领略早晨在灌木丛中漫步的欢乐?您的脚在沾满露珠而发白的草地上留下绿色的痕迹。您拨开潮湿的灌木丛,夜里蕴蓄着的一股温暖的香气立刻扑鼻而来;空气中洋溢着苦艾的清新苦味、荞麦和三叶草的甘甜;远处一座橡树林壁立着,在阳光下闪闪发光,染成一片嫣红……"①这简直是一幅七月丛林之晨的风景画,它既有生动写实的画面,又渗透着猎人的欢愉,正是受这种情绪的感染,七月丛林之晨的色彩和光线都显得新鲜、火热、生气勃勃。

  另一种抒情插笔是作者同作品主人公的情感相融合。在《贵族之家》中,屠格涅夫借用主人公拉夫列茨基对人生的感叹,表达出自己的心声:"玩罢,乐罢,生长罢,年轻的生命们……未来是属于你们的,你们的生活会比我们的容易,你们不会像我们一样,不得不在黑暗里去摸索自己的道路,去挣扎,去跌倒了又爬起来;我们得一生苦闷着才能支持到底——而我们中间有多少人是失败了的啊……欢迎呀,寂寞的老年!毁掉吧,无用的生命!"②这段抒情插笔是主人公的心声,也是作家的心声,是他们对年青一代的羡慕,也是对自己人生的悲叹,多少柔情,多少悲伤,多少不甘,尽在其中,读来令人唏嘘。

  还有一种抒情插笔是富有哲理性的,是情与理的融合。例如,

---

① 〔俄〕屠格涅夫:《猎人笔记》,冯春译,上海译文出版社2011年版,第372页。
② 〔俄〕屠格涅夫:《贵族之家》,丽尼译,人民文学出版社1955年版,第225页。

在《前夜》中谈到死亡:"死神有如渔夫,他把鱼捕捉到网里,暂时将它放入水中:鱼还在游,但是有网套着,渔夫什么时候高兴,就什么时候取它出来。"在《春潮》里谈到初恋:"初恋——那是一场革命:单调、正规的生活方式刹那间被摧毁和破坏了;青春站在街垒上,它那辉煌的旗帜高高地飘扬——不论前面等待着它的是什么——死亡还是新的生活——它向一切都致以热烈的敬意。"[1]这两段哲理性的抒情插笔不同于一般的议论和哲理思考,它有生动的形象,把死神比作渔夫,把初恋比作一场革命,它有浓烈的抒情,又有哲理的思考,是抒情和哲理的高度融合,既能以情动人,又能发人深思,引起人们对人生的哲理思索。

在普希金、果戈理、屠格涅夫之后,俄罗斯小说中的抒情插笔有了变化,在这些作家的小说中虽然还有抒情插笔,但作家的主观态度、主观情感更多地通过人物的描写、人物内心独白来体现,作家主观情感往往和人物内心独白融合在一起,小说中比较少见到大段大段的抒情插笔。在陀思妥耶夫斯基的小说中,很难看到传统的抒情插笔。在他的小说《罪与罚》中,我们看到的是关于"超人哲学"和"权力真理"的议论。而在托尔斯泰的小说《战争与和平》中,我们仍然可以看到"奥斯特里茨天空"那样精彩的抒情插笔,在那里,托尔斯泰由战场的客观描写,转向主观情感的抒发,转向哲理思考,由惨烈的战场转向静静的天空,由英雄主义转向万物皆空,转向超越一切的幸福。然而,小说中不少阐述作者的历史观点和道德观点的章节充满冗长的议论,那其实并不属于抒情插笔。契诃夫的小说被称为抒情心理小说,他的小说最大的特色是

---

[1] 〔俄〕屠格涅夫:《春潮》,苍松译,上海译文出版社1980年版,第88页。

简洁，他的抒情插笔的特色也是简洁，但在简洁之中寓有深意。在小说《神经错乱》中，他对一场"柔软、洁白、清新"的初雪发出感慨："在新鲜、轻松、冷冽的空气里，人的灵魂也不禁迸发出一种跟那洁白松软的新雪相近的感情。"① 在小说《套中人》的结尾，有一段描写农村月夜的抒情插笔，"人在月夜看着宽阔的村街和村里的茅屋、草堆、干草垛、睡熟的杨柳，心里就会变得恬静。这时候村子给夜色包得严严紧紧，躲开了劳苦、烦恼、忧愁，安心休息，显得那么温和、哀伤、美丽，看上去仿佛星星在亲切而动情地瞧着它，大地上不再有坏人坏事，一切都挺好似的。左边，村子到了尽头，便是田野。可以看见田野远远地一直伸展到天边。在这一大片浸透月光的旷野上也是没有动静，没有声音"。② 契诃夫在这段抒情插笔里，突出了大自然的辽阔广大，大自然的美好和恬静，以此来衬托他对那个死守政府法令、试图在棺材里找到"理想"的别里科夫的厌恶。

二、中国古代小说中的闲笔和诗词抒情插笔

俄罗斯的小说中有插叙、抒情插笔，中国古代小说中也有插叙、抒情插笔。不过中国的叫法不同，其蕴含的意义也有特色。中国古代小说中的插叙有时也叫闲笔，而中国小说中的抒情插笔大多是以诗词呈现，姑且称之为诗词抒情插笔。小说中的诗词有时

---

① 《契诃夫短篇小说选》（上），汝龙译，第252页。
② 《契诃夫短篇小说选》（下），汝龙译，第610页。

用来说明小说的主旨,有时用来品评作品中的事件和人物,比起外国的抒情插笔,似乎更凝练一些,也更有韵味。

先说中国古代小说中的插叙。有关中国古代小说的理论主要是关于小说真实性、小说人物塑造的理论,其中也有小说叙事的理论,主要体现在叶昼、金圣叹、毛宗岗、张竹坡、脂砚斋等人的小说评点之中。其中,金圣叹在《读第五才子书法》中就提出小说叙事的许多文法,如倒插法、夹叙法、草蛇灰线法、大落墨法、绵针泥刺法、背面铺粉法、弄引法、獭尾法、正犯法、略犯法、极不省法、极省法、欲合故纵法、横云断山法、鸾胶续弦法等。其中所说的一些方法都涉及小说的插叙,其中如"弄引法":"谓有一段大文字,不好突然便起,且先作一段小文字在前引之。如索超前,先写周谨;十分光前,先说五事等是也。"如"横云断山法":"如两打祝家庄后,忽插出解珍、解宝争虎越狱事;又正打大名城时,忽插出截江鬼、油里鳅谋财倾命事等是也。只为文字太长了,便恐累坠,故从半腰间暂时闪出,以间隔之。"①金圣叹之后,毛纶、毛宗岗父子在《读三国志法》中评点《三国演义》的叙事特点时,也提到小说插叙的各种方法。其中如"横云断岭、横桥锁溪":"文有宜于连者,有宜于断者。如五关斩将,三顾草庐,七擒孟获,此文之妙于连者也;如三气周瑜,六出祁山,九伐中原,此文之妙于断者也。""文之长者,连叙则惧其累坠,故必叙别事以间之,而后文势乃错综尽变。"②又如"将雪见霰、将雨闻雷":"将有一段正文在后,必先有一段闲文以为之引;将有一段大文在后,必先有一段小文以为之端。如将

---

① 《金圣叹评水浒传》(上),岳麓书院2012年版,第4—5页。
② 《〈三国演义〉会评本》(上册),北京大学出版社1986年版,第13页。

叙曹操濮阳之火,先写糜竺家中之火一段闲文以启之。"①张竹坡在《金瓶梅读法》评论《金瓶梅》时,也肯定这种穿插笔法:"《金瓶》每于极忙时,偏夹叙他事入内。……皆于百忙中故作消闲之笔。"②

有趣的是,金圣叹、毛宗岗、张竹坡、脂砚斋等人在评论中国古代小说叙事特点时,不约而同地都谈到了小说的插叙手法,有称之"弄引",有称之"横云",有称之"闲文",有称之"消闲之笔"。这些五花八门的说法,可以统称为"闲笔"。这种"闲笔"在外国小说和外国文论中被称为插叙或插笔。总的来说,都是指小说中的非情节因素,是作家和读者的交流手段,它虽然和情节不发生直接关系,但它对小说人物的塑造、小说思想内容的表现仍起积极作用。这是外国小说的插叙和中国古代小说的闲笔的共同之点,问题是两者有什么不同,中国小说的闲笔有何特色。闲笔不闲,闲笔在中国古代小说中有其独特的作用,中国古代小说中的闲笔除了塑造人物、表现思想,似乎还有三个特点值得注意。

一是,通过插叙、闲笔调节小说的节奏和气氛。中国古代小说的叙述很讲究节奏,情节的发展不是一直紧张或一直松弛,而是张弛有度,往往是矛盾冲突剑拔弩张时拦腰插进一个细节,插进一段故事,让气氛松下来,形成一种节奏的美。例如,《三国演义》往往在惨烈的战争中,在激昂的格调下,插进一些比较轻松的场面,如在赤壁之战的进程中,作者不吝笔墨,大写诸葛亮和鲁肃乘雾连舟、群英会蒋干中计、庞统挑灯夜读、曹操横槊赋诗等情节,把战争写得有张有弛,不仅富有节奏感,而且有一种美感。例如,《红楼

---

① 《〈三国演义〉会评本》(上册),第13—14页。
② 〔清〕张竹波:《金瓶梅评点》,中国文史出版社2017年版,第29页。

梦》第九回贾政厉色盘问宝玉的学业情况,他既对儿子的学业深为不满,说"你如果再提'上学'两个字,连我也羞死了",又对跟班的随从大为恼火。随着一声喝问,跟班李贵进来了。这时贾政劈头盖脑将他数落一番:"你们成日家跟他上学,他到底念了些什么书! 倒念了些流言混话在肚子里,学了些精致的淘气。等我闲一闲,先揭了你的皮,再和那不长进的算账!"贾政疾言厉色,"吓的李贵忙双膝跪下,摘了帽子,碰头有声",气氛紧张到顶点。可是就在这个关键时刻,李贵的"汇报"出了一个笑话。他说:"哥儿已念到第三本《诗经》,什么'呦呦鹿鸣,荷叶浮萍',小的不敢撒谎。"他把《诗经·小雅·鹿鸣》的"呦呦鹿鸣,食野之苹"误听而说错了。这样一来,"说的满座哄然大笑起来,贾政也撑不住笑了。因说道:'那怕再念三十本《诗经》,也都是掩耳偷铃,哄人而已。'"① 小说这段情节的紧张节奏因为这一笑料的插入,得到了调整,也增添了不少情趣。

二是,通过插叙、闲笔,活跃文势。如前所述,古代小说的作家和评点家都注意到了小说的叙述不能太冗长,避免累赘;小说的叙述也不能太呆板,避免平铺直叙。为此,他们极力通过插叙、闲笔来活跃文势,引起读者的兴味。张竹坡的《金瓶梅读法》中曾具体谈道:"《金瓶》每于极忙时,偏夹叙他事入内。如正未娶金莲,先插娶孟玉楼;娶孟玉楼时,即夹叙嫁大姐;生子时,即夹叙吴典恩借债;官哥临危时,乃有谢希大借银;瓶儿死时,乃入玉箫受约;择日出殡,乃有请六黄太尉等事。皆于百忙中故作消闲之笔。"②

---

① [清]曹雪芹、高鹗:《红楼梦》(上),第131页。
② [清]张竹波:《金瓶梅评点》,第29页。

第七章　小说中的插叙：抒情插笔和闲笔

　　这种通过插叙闲笔活跃文势的写法在《红楼梦》中也常见。第七回写周瑞家受薛姨妈之托,给各家姑娘奶奶送宫里做的十二枝花。周瑞家拿着十二枝花挨家挨个送,这么一路写下来就显得很平淡。这时作者插进一个路上周瑞家女儿为丈夫冷子兴打官司来求情的情节,原来女婿冷子兴多喝了点酒,因卖古董与人争执,被告到衙门,要递解还乡,女儿来求母亲为他求情。周瑞家听了道："我就知道呢。这有什么大不了的事! 你且家去等我,我给林姑娘送了花儿去就回家去。"①对这段插叙、闲笔,脂砚斋有一段评语："又生出一小段来,是荣、宁中常事,亦是阿凤正文,若不如此穿插,直用一送花到底,亦太死板,不是《石头记》笔墨矣。"

　　那么,什么是《石头记》的叙事笔墨,什么又是中国古代小说的笔墨? 那就是"文以曲为贵",是文似看山不喜平,就是通过插叙、闲笔来调整节奏,活跃文势,同时也可以增添小说的趣味和韵味,因为小说并不是只用来讲意义、讲思想的,小说也要有点情趣。

　　再说中国古代小说中的诗词抒情插笔。比起俄罗斯小说,乃至西方小说的抒情插笔,中国古代小说的诗词抒情是一大特色,这是在外国小说中不存在的。这种诗词抒情插笔在古代小说中以多样的形式出现,并达到不同的目的,起到不同的作用。有时作为卷首诗词出现,用来说明小说的主题、主旨;有时是在文中出现,用来品评人物、事件,抒发作家的感情;有时在卷末出现,作为小说的总结。

　　问题是,为什么中国古代小说会大量出现以诗词为形式、为特色的抒情插笔? 这需要从两方面来看,一是与小说形式本身的发

---

① ［清］曹雪芹、高鹗:《红楼梦》(上),第108页。

展历史有关。中国的小说原本是史书的支流,是"野史""外史"的别称。从形式的发展来看,除了本身是叙述体外,还受佛门宣讲的影响,是以叙说和韵语(偈颂)相间,交织进行。后世以"小说"为名的民间说唱文学,则是叙事和韵语交织,就以"说唱文学"称之。"说唱"形式的盛行,克服了只说或只唱的单一感,给听众更多的艺术享受。后来小说的诗词部分、抒情部分,实际上是继承了"唱"的传统。①二是与中国文学的发展历史有关,从中国文学的发展来看,是先有诗歌后有小说,诗歌的形式从先秦的《诗经》就产生了,绵延千百年,而小说是明清时期才出现的,因此它的叙述形式必然受诗歌影响。况且历代小说家和小说中的人物都有很高的诗词修养,因此中国古代小说中出现了大量诗词,并以诗词作叙事,就不奇怪了。

古代小说中的诗词抒情插笔对于小说艺术表现的多种形态起着各种作用,其中主要有以下两个方面。

首先是隐括小说全文,点明小说的主旨。这一般指小说的卷首或卷尾诗词,它的作用并不在于概括小说的内容,而是通过诗词提炼小说的主旨,其中含有人性哲理,表达作者对人生的感慨。其中最有名的是《三国演义》的卷首词《临江月》:

> 滚滚长江东逝水,浪花淘尽英雄。是非成败转头空:青山依旧在,几度夕阳红。白发渔樵江渚上,惯看秋月春风。一壶浊酒喜相逢:古今多少事,都付笑谈中。

---

① 周汝昌:《诗词韵语在小说中的意义》,李保初、吴修书主编:《中国古典小说卷中诗词鉴赏》,华文出版社1993年版,第1—4页。

这首卷首词是怀古感今之作，作者面对滚滚东流的长江，发"思古之幽情"，表达对社会历史的深沉思考和人生理想的追求。诗中融叙事、写景、抒情和喻理于一炉，景中寓情，叙中述志，是一首扣紧小说主题的出色的卷首词，更是出色的诗词抒情插笔。

《红楼梦》中这类诗词也很多。第一回"自题一绝"："满纸荒唐言，一把辛酸泪。都云作者痴，谁解其中味？"脂砚斋批云："此是第一首标题诗。"这首五言绝句虽然短小，但内涵丰富、情义深切，它表明作者将以同正统相悖的思想和形式表达巨大的悲剧。随后，第一回的《好了歌》和《好了歌注》，第五回的《红楼梦曲》，都涉及小说的主旨，其中有对小说人物命运的品评，有对小说最后悲剧结局"好一似食尽鸟投林，落了片白茫茫大地真干净"的悲叹。

《儒林外史》中也有一首隐括全书的卷首词：

> 人生南北多歧路，将相神仙，也要凡人做。百代兴亡朝复暮，江风吹倒前朝树。功名富贵无凭据，费尽心情，总把流光误。浊酒三杯沉醉去，水流花谢知何处。

这是《儒林外史》第一回"说楔子敷陈大义，借名流隐括全文"的卷首词。隐括，是剪裁概括的意思。词的主题是改写元末名人王冕的故事，他虽有大学问，却安于贫贱，以卖画为生，反对科举，不与权贵相交，《儒林外史》用这一首词表现出"人生富贵是身外之物，但世人一见了功名，便舍命去求他，及至到手之后，味同嚼蜡"。作者就通过这首卷首词点明了小说的主题。

其次是描绘和品评小说人物形貌、性格，对人物形象的塑造起主要作用。在古代小说中，除了运用人物的言语、行动来表现人物的心理和性格，也常常运用诗词来描绘人物，表现作者对人物的评价，包括对人物的赞颂或否定。这种诗词在小说中随处可见。在《三国演义》中有不少赞颂英雄的诗词，其中如写关羽温酒斩华雄的诗：

威震乾坤第一功，辕门画鼓响冬冬。
云长停盏施英勇，酒尚温时斩华雄。

这首选自《三国演义》第五回"发矫诏诸镇应曹公，破关兵三英战吕布"的诗词写的是董卓专权残暴，曹操伪托汉帝旨意，召集各路诸侯讨伐，共推袁绍为盟主。董卓派华雄领兵迎战，连斩数将，袁绍处于被动。这时，关羽主动请战，誓斩华雄，曹操斟热酒相送，关羽未饮，提刀跨马而去。不一会儿，关羽便将华雄之头掷于地上，这时酒还是温的。诗中并没有更多着墨于战争的场面，用"其酒尚温"这个具有高度艺术概括力的艺术细节，赞颂关羽所向无敌、勇冠三军的英雄气概，也给读者留下更多的想象空间。

在《红楼梦》中，用来描绘人物的诗词就更多了，比较集中的是第五回的"金陵十二钗图册判词"、第五回的《红楼梦曲》，其他各回也常出现描绘人物的诗词。这些诗词不仅描绘了人物心理、个性，也渗透了作者对人物的情感，其中以描绘林黛玉的诗词尤为精彩。最早一首是第三回写宝玉、黛玉初会，宝玉对黛玉的第一印象：

两弯似蹙非蹙笼烟眉，一双似泣非泣含露目。态生两靥之愁，娇袭一身之病。泪光点点，娇喘微微。闲静时如姣花照水,行动处似弱柳扶风。心较比干多一窍,病如西子胜三分。①

这首诗通过写她的眉毛表现出她淡淡的哀愁,通过写她的眼睛表现出她的孤傲。而她的愁和泪是一种病态之美,她的弱柳扶风则突出女性阴柔之美。最后两句是拿比干比喻她的聪明,拿西施比喻她的美。通过这首诗,林黛玉的形象和性格特征便自然呈现在我们眼前。

如果说这首诗是通过宝玉的视角初步展示林黛玉的外貌和性格特征,那么第二十七回的"葬花吟"则是深入黛玉的内心,通过感叹自己的身世遭遇,来表现她的性格特征,这是一首作者倾注巨大心血为塑造林黛玉形象、为表现其独特个性所写的动人的抒情诗。诗的开头写"花谢花飞花满天,红消香断有谁怜?",通过迟暮风景渲染衰败没落的时代气氛和主人公内心的感受。"桃李明年能再发,明年闺中知有谁",借怜花进而自怜,感叹自己的命运不如飘飞零落的桃花和李花。"一年三百六十日,风刀霜剑严相逼"则借自然界对花的虐杀暗示封建势力对闺中少女的迫害。后面几句则是借花的命运感叹自己的命运。"未若锦囊收艳骨,一抔净土掩风流。质本洁来还洁去,强于污淖陷渠沟",表示要像花一样在黑暗社会中保持高洁的情怀,决不向封建社会屈服。最后四句"试看春残花渐落,便是红颜老死时,一朝春尽红颜老,花落人亡两不知",②进一步写花儿和黛玉可悲的结局,这里既写花儿,也写红颜薄命,看似怜花实则自怜。这首诗在艺术表现上也是非常成功的,

---

① [清]曹雪芹、高鹗:《红楼梦》(上),第49页。
② 同上书,第370—371页。

它通过奇特的想象,将写景与抒情融为一体,呈现出一幅凄清的画面和一种忧伤的情调,将黛玉多愁善感的性格和内心的矛盾、病苦表现得淋漓尽致。

古代小说中还有一种诗词是小说中的人物自己写作的,即以"诗言志",这是人物情感、志趣的自然流露,如《水浒传》中宋江在浔阳楼趁酒兴而作的绝句:"心在山东身在吴,飘蓬江海漫嗟吁。他时若遂凌云志,敢笑黄巢不丈夫。"如诸葛亮的"梦觉诗":"大梦谁先觉,平生我自知。草堂春睡足,窗外日迟迟。"这些诗都高度概括出人物的性格,显示出人物各自的精神气质,对塑造人物形象起到了重要作用。

比较俄罗斯小说中的抒情插笔,中国古代小说中以诗词形式出现的、中国式的抒情插笔,明显有一些自己的特点。一是,文字没有俄罗斯小说抒情插笔那么长,这种诗词插笔的文字显得比较凝练,善于用简洁的诗句点明小说的主题,表现人物的性格。二是,不那么直白地点明作品的思想和人物性格,而是通过种种艺术形象和艺术手法表现人物的人生体验,创造一种诗的意境,使作品显得婉约含蓄,有一种悠长的韵味,使读者有品味和想象的空间。这种诗词式的抒情插笔的确具有中国美学固有的民族特色,值得我们珍视。

第八章　小说的陌生化手法

一、什么是陌生化手法

　　小说的诗性世界是通过一系列因素（人物、情节、环境、场面、声调、色彩、风景、民俗）构成的，同时也是通过一系列艺术手法（想象、夸张、白描、象征、隐喻、反讽）加以表现的，离开这些艺术表现手法，小说的诗性世界难以形成。这里谈谈平时较少涉及的陌生化手法。

　　陌生化是俄罗斯形式主义的理论家提出的，当时的文艺学不重视艺术特性的现状，他们认为文艺学的研究对象应具有"文学性"，应当是文学的特征。那么，什么是"文学性"？形式主义理论家们并没有给出一个明确的定义，只是从不同方面讨论这个问题。综合各种说法，所谓的"文学性"，主要指文学的语言、形式和手法，其中"陌生化"是一个核心概念。他们虽然把"陌生化"称为艺术手法，但在具体论述中，"陌生化"的概念同他们对文学特性的认识相联系。在他们看来，"陌生化"涉及文学艺术家对艺术和生活关系的看法，它体现着一种新的美学观念和美学原则。为了理解这种看法，我们先从俄罗斯形式主义的代表人物什克洛夫斯基的《艺术作为手法》一文中来理解，这本被称为俄罗斯形式主义宣言的书是关于"陌生化"的论述的开始。

这段话的俄文原文是：

И вот для того, чтобы вернуть ощущение жизни, почувствовать вещи, для того, чтобы делать камень каменным, существует то, что называется искусством. Целью искусства является дать ощущение вещи, как видение, а не как узнавание; приемом искусства является прием «остранения» вещей и прием затрудненной формы, увеличивающий трудность и долготу восприятия, так как воспринимательный процесс в искусстве самоцелен и должен быть продлен; искусство есть способ пережить деланье вещи, а сделанное в искусстве не важно.

这段话的中文版有各种译法，这里且译为：

为了恢复人们对生活的感受，为了感受事物，为了使石头显出石头的质感，于是就存在那种被称为艺术的东西。艺术的目的是提供对事物视觉上的感受，而不是对事物认知上的感受；艺术的手法是使事物陌生化的手法和使形式变得难以把握的手法，它增加了接受的难度和延长接受的过程，因为在艺术中接受过程本身就是目的，所以这个过程应当被延长；艺术就是体验事物制作的方法，至于到底制作了什么对艺术来说并不重要。

这段话开宗明义地提出了对文学的看法。俄罗斯传统文艺学认为，文学通过形象反映生活，通过形象认识生活。简言之，文学是对生活的反映，也是对生活的认识。形式主义对这种看法大胆提出挑战，针锋相对地指出文学是对生活的感受。他们认为，文学不是通过已知的形象认识未知的事物，而是通过种种形式和手法将已知未知化，目的在于强化艺术的可感性和审美效果。正是从这个角度出发，他们才认为艺术表现什么不重要，如何表现才最重要，正如这段话的结尾所说，"艺术就是体验事物制作的方法，至于到底制作了什么对艺术来说并不重要"。这里并不是说艺术的内容无关紧要，而是说艺术同非艺术的差别并不在于内容，而在于形式。俄罗斯形式主义这种文学观具有很高的理论价值，这是对传统文学观的一种挑战，也是一切现代主义文学观的理论来源，现代主义认为，文学是生活的表现，是生活的变形，是生活的异化，这同俄罗斯形式主义对文学和生活的理解有密切联系。从这里可以看出，俄罗斯形式主义不仅把陌生化视为一种手法，同时也体现了他们对文学性质的根本认识。明确这一点对理解俄罗斯形式主义至关重要，因为这与他们要明确文艺学的对象、建立独立的文艺学的目标相联系。

在陌生化理论中，俄罗斯形式主义把文艺看成对生活的体验和感受。显然，艺术的感受性、可感性成了陌生化的理论基础。什么是陌生化？它是对现在生活进行创造性的变形，以有别于生活常态的形式出现在作品中，使事物从通常被感知的状态中被拉出来，使人们"用另外的眼睛看世界"。它的突出特点在于通过种种艺术手法打破人们思维的惯性，打破人们感知的自动化，消除人们的审美疲劳，使人们对事物产生一种新鲜感，获得一种新的审美享受。陌生化是相对于感知的自动化和钝化而言的，人的感知钝化就产生审美疲劳,陌生化的目的就是恢复和唤回人们对生活最初的新鲜感,正如什克洛夫斯基所说:"一个人们往往习焉不察的事实告诉我们:一种动作,如走路,一旦成为习惯便成了机械性动作,成为一种无意识的举动,而一旦把走路变成舞蹈,脚的动作便会重新为我们感觉到,从而成为一种艺术。"① 为什么后者能成为艺术?因为它打破了自动化,因为它从生活的常态中解脱出来,因为它同日常生活区别开来,这样就给人以新鲜感,给人以美的享受。俄罗斯形式主义排斥心理学,而维戈茨基指出"形式主义者事实上不得不是心理学家"②,因为他们的陌生化理论恰恰是以艺术感受心理学为基础,心理学其实是陌生化的理论基础。

俄罗斯形式主义认为,艺术是一种体验,一种感受,可感性是陌生化的基础,那么艺术家是通过什么艺术手段来达到陌生化的效果,从而增强艺术的感染力?他们认为这需要运用种种形式和手法,从这个意义上讲,手法成了艺术的主人翁。在他们看来,艺术家正是通过种种形式和手法来增加艺术感受的难度和长度,造成艺术感受的障碍,拉开审美的距离,这样会迫使接受者并不轻轻松松地去接受作品,而是要调动自己一切心理去感受,去体验,去想象,去破解,最后也就达到了增强艺术感受和丰富艺术审美享受的目的。我们平常所说的"雾里看花""曲径通幽",就是通过设置障碍来增强艺术效果。当然,所谓陌生化,所谓增加难度,也要掌握好度,太容易则没有意思,太难也无法让读者接受,艺术的奥秘

---

① 〔俄〕什克洛夫斯基:《小说论》,俄文版,苏联作家出版社1983年版,第8页。
② 〔苏〕维戈茨基:《艺术心理学》,周新译,上海文艺出版社1985年版,第68页。

就在于处理好难与易、隔与不隔等艺术关系。

在俄罗斯形式主义看来,陌生化既然是艺术创作的重要手法,是艺术创作的原则,那么它就要被运用于艺术创作的方方面面。

就诗歌创作来说,俄罗斯形式主义一反过去对诗歌的传统看法,认为诗歌的关键不是形象和激情,诗歌是语言的艺术,诗歌语言本身有本体论的价值,它不仅是表达思想和情感的手段,还具有潜在的审美价值和表现功能。他们还认为,诗歌语言是日常生活语言的陌生化,即诗歌语言是对日常生活语言有组织的违反。所谓陌生化,所谓违反,就是说诗歌语言是受阻的、扭曲的、变形的,它通过倒装、比喻、夸张、反讽、怪诞、象征、隐喻等手法,达到陌生化的效果,达到增加艺术感染力的效果。当然,不违反传统就无法出现新意,但如果这种违反不是"有组织"的,不符合事物本身的规律、艺术创作的规律和艺术接受的规律,它也会流于艰涩,不为人理解和接受。就词义而言,"红杏枝头春意闹"一句,春意原本是静的,现在变静为闹就是违反常理,就是陌生化,其结果就是用喧闹表现出春天的活力和生机。就词法而言,诗歌常常把词序颠倒了,达到一种陌生化的效果,杜甫的诗"绿垂风折笋,红绽雨肥梅",其实原有的词序应是"风折笋垂绿,雨肥梅绽红"。词序的颠倒,带来了陌生化的效果,把"绿"和"红"两字提前,使得色彩更鲜明、动人,句子更挺拔,也更符合生活的特点。

拿小说创作来说,形式主义认为小说创作的关键是"构造原则",并提出两个概念,一是本事,指作家从生活或个别作品中借用的材料,二是情节,指对材料进行加工而形成的本事。本事是指小说事件中本然的时间顺序,情节是指事件在小说中被实际呈现和展开的时间顺序。小说的关键是情节对本事的陌生化,是如何通过种种手法把本事加工成为情节。比如在叙事方面,他们追求采取延宕、阻滞、迂回、倒叙、离题等各种手法,打破本事原来的时序。布置疑团、制造悬念,使情节峰回路转,一波三折,波澜起伏,避免平铺直叙,一览无余。这也就是俗语所说的"文以曲为贵""文似看山不喜平"。这样做的目的在于增加感受的难度和长度,达到增加作品艺术感染力的目的。像中国古典小说《三国演义》中的"三顾茅庐",《水浒传》中的"林冲刺配沧州道",西方小说《十日谈》和《一千零一夜》中许多故事,其中采取的重要手法就是通过种种手法制造悬念,增强作品的艺术感染力。

上面说到的陌生化的性质、基础和手法,其中还有一点值得特别注意,这就是什克洛夫斯基所指出的,"提起奇异化,不可忘记它是为什么目的服务的"[①]。陌生化不仅是为了使人感到新鲜、新奇,也不仅是为了增强作品的艺术感染力,它更重要的目的是要加强作品的意蕴,使人通过摆脱通常对生活的感受,返璞归真,以达到对生活的一种新的发现和新的感悟。例如《红楼梦》中"刘姥姥进大观园",通过一个乡下老妇陌生化的视角来描写大观园的陈设,是为了突出贵族生活的豪华、侈奢。托尔斯泰在《战争与和平》中通过非军人的贵族皮埃尔的视角来看战场是为了突出战争的残酷、非人道。

[①] 〔俄〕什克洛夫斯基:《散文理论》,刘宗次译,百花洲文艺出版社1994年版,第243页。

二、小说陌生化手法三例

下文通过曹雪芹《红楼梦》中的"刘姥姥进大观园",托尔斯泰描写一匹马的故事的小说《霍尔斯托梅尔》和苏联当代作家特罗耶波尔斯基描写一只狗的故事的小说《白比姆黑耳朵》,进一步具体说明陌生化艺术手法的特点和所要达到的目的。

例子之一:《红楼梦》中的"刘姥姥进大观园"。《红楼梦》在第六回、第三十九回、第四十一回,写了刘姥姥三进大观园。刘姥姥是个乡下人,是贾家早已被淡忘的穷亲戚,一个久经世代的寡妇,日子实在不好过,只得到贾家求助。大观园里一切豪华的陈设、一切奢侈的生活,对于老爷和小姐们来说,都是习以为常、理所当然、不足为奇的,可是用贫苦村妇刘姥姥的陌生的眼睛来看,感觉就大不一样了。

第六回"刘姥姥一进荣国府",开头有一段描写:

> 上了正房台矶,小丫头打起猩红毡帘,才入堂屋,只闻一阵香扑了脸来,竟不辨是何气味,身子如在云端里一般。满屋中之物都耀眼争光的,使人头晕目眩。刘姥姥此时惟点头咂嘴念佛而已。

这段写的是最初的感受,下面一段的描写就更具体、生动:

> 刘姥姥只听见咯当咯当的响声,大有似乎打箩柜筛面的

一般,不免东瞧西望的。忽见堂屋中柱子上挂着一个匣子,底下又坠着一个秤砣般一物,却不住的乱幌。刘姥姥心中想着:"这是什么爱物儿?有甚用呢?"正呆时,只听得当的一声,又若金钟铜磬一般,不防倒唬的一展眼。接着又是一连八九下,方欲问时,只见小丫头们齐乱跑,说:"奶奶下来了。"①

这段写的是刘姥姥对大观园里的豪华物件时钟的感受。在大观园的人看来,一座时钟再平常不过了,这是贵族人家普通的物件,而在刘姥姥这样的乡下穷人看来,却非常古怪、刺眼。作家通过一个物件,通过另外一种眼光,以一种"陌生化"的手法,将两个阶级的分野生动地揭示出来。

第三十九回"村老老是信口开合,情哥哥偏寻根究底",写刘姥姥二进大观园。上一回是用陌生化手法写大观园的物件,这一回是用陌生化手法写大观园的吃喝。刘姥姥从乡下带着生鲜的瓜果菜蔬来大观园请安,孝敬姑奶奶、姑娘们。这时大家说起吃螃蟹咏菊的事。

> 周瑞家的道:"早起我就看见那螃蟹了,一斤只好秤两个三个。这么三大篓,想是有七八十斤呢。"周瑞家的道:"若是上上下下只怕还不够。"平儿道:"那里够,不过都是有名儿的吃两个子。那些散众的,也有摸得着的,也有摸不着的。"
> 刘姥姥道:"这样螃蟹,今年就值五分一斤。十斤五钱,五五二两五,三五一十五,再搭上酒菜,一共倒有二十多两银

---

① [清]曹雪芹、高鹗:《红楼梦》(上),第96—97页。

子。阿弥陀佛！这一顿的钱够我们庄家人过一年了！"①

这段描写也挺有意思，刘姥姥看重的是庄稼地里自己采摘来的新鲜瓜果菜蔬，而大观园享受的却是不劳而获的山珍海味。在大观园里的人看来，花二十多两银子吃七八十斤螃蟹不算一回事，而在刘姥姥看来却十分心疼，那"够我们庄家人过一年的了！"大观园里习以为常、不足为奇、理所当然的事，从刘姥姥的视角看来，却是不可理喻的。在这里，陌生化的视角、陌生化的艺术手法，让人对生活有新的感悟、新的认识，也增强了小说的艺术魅力。

例子之二：托尔斯泰中篇小说《霍尔斯托梅尔（一匹马的故事）》。②托尔斯泰早在1856年就想写一部以马为主人公的小说。当时，屠格涅夫去拜访他，他便向屠格涅夫讲起一匹马的身世。屠格涅夫后来回忆道："我简直听出了神。他不但自己走进去了，而且把我也带进这个不幸生物的处境。我忍不住说：'列夫·尼古拉耶维奇，真的，您从前做过马吧？'"托尔斯泰于1861年开始写这篇小说，到1863年中止写作。1880年前后，托尔斯泰世界观发生激变，他弃绝贵族阶级，猛烈抨击私有制。这时，他重读小说，做了较大修改，于1885年正式发表这篇小说，在小说里狂热批判私有制，把财产私有制视为一切社会罪恶的源泉。

霍尔斯托梅尔是一匹马的名字，托尔斯泰在这篇小说里讲的就是这匹马一生悲惨的故事。小说在讲述这匹马的故事时，有两个视角，一个是作者的视角，一个是马的视角，而主要是马的视角，

---

① ［清］曹雪芹、高鹗：《红楼梦》（上），第522—523页。
② 《列夫·托尔斯泰文集》（第四卷），臧仲伦等译，人民文学出版社1986年版。

由马来讲述自己一生的故事,由马的视角来看人、看世界。有些事情在一般人看来是正常的、无可怀疑的,而在马看来却是不合理的。作家就运用这种陌生化的艺术表现手法,揭示私有制社会的非人道本质。

霍尔斯托梅尔是一匹花斑骟马,也是一匹身强体壮、奔跑速度很快的好马。可是它命运不好,先是由马夫头卖给马贩子,再由马贩子卖给骠骑兵。残废了以后,又由骠骑兵卖给马贩子,再由马贩子卖给老太婆、布商、茨冈人和庄稼人。它的一生就这样被卖来卖去。最后,它骨瘦如柴,腿也走不动了,又满身长疥疮。看着它没用了,主人就想让它一命归天,剥了它的皮卖了,尸骨喂了狼狗。作者对霍尔斯托梅尔的一生充满同情,小说写道:"有的老年令人肃然起敬,有的老年令人生厌,有的老年分外悲惨。也有的老年令人肃然起敬和令人生厌兼而有之,花斑骟马的老年就属于这一类。"马的一生确实悲惨,说它"令人肃然起敬"指的是它是一匹好马,它的一生为人类辛勤劳动,说它"令人生厌"指的是人类对它的祸害。

在托尔斯泰笔下,霍尔斯托梅尔不仅是一匹命运悲惨的好马,也是一匹爱思考的马。面对悲惨的命运,"它脸上的神色是忍气吞声的、深思的和痛苦的",它认为一切变故"都促使我变成了一匹像我现在这样严肃和爱好深思的骟马"。在它被人卖来卖去,被人说成自己的马,被人将整个脊背都打烂的时候,它思索着:

> 不过当时我怎么也弄不明白,我被称为是某人的所有物,到底是什么意思?对于我这样一匹活生生的马说什么:"我的马",我觉得这话是如此奇怪,就象说什么"我的土地,我的空

气,我的水"一样,令人百思不得其解。

但是这话却对我具有巨大的影响。我不断思索着这一问题,直到我与人发生了各种错综复杂的关系之后很久,我才终于明白了人们赋予这些奇怪的字眼以何种意义。这些字的意义是:人在生活中所遵循的不是事业,而是字眼。他们津津乐道的不是有可能做什么或不做什么,而是津津乐道于用只有他们才懂得的字眼来谈论各种各样的对象。属于这一类的就有在他们之中认为十分重要的一些字眼,说到底,就是:我的,我的,我的,他们用这些字眼来谈论各种各样的东西、生物和对象,甚至也用它们来谈论土地,谈论人和马。对于同一件东西,他们规定,只许一个人说:这是我的。……我过去曾有很长时间极力把这种现象解释为有什么直接的好处,但结果却发现这样做是不合理的。

……后来,我扩大了自己的观察范围,我才弄清,不仅对于我们马来说,我的这一概念毫无道理可言,它不过是人称之为所有感和所有权的那种人类的低级的、兽性的本能罢了。……人们在生活中追求的不是做一些他们认为是好事的事,而是一味追求把尽可能多的东西叫做自己的。我现在深信,这就是人和我们的本质区别。……我们敢大胆地说,在生物排列的阶梯上,我们站得比人类高……①

在托尔斯泰笔下,这匹老马由自己悲惨的身世引发的思索非常精彩且耐人寻味,不仅符合马的身份,即马的生理特征和心理特

---

① 《列夫·托尔斯泰文集》(第四卷),臧仲伦等译,第22—24页。

征,而且振聋发聩,令人深省。能达到这种艺术效果,托尔斯泰用的就是陌生化的手法。私有制在私有制社会的人看来,是习以为常的、合理的、无可置疑的,而从马的眼光、马的视角来看,就显得极为不合理且刺眼。运用这种独特的、陌生的视角,作家就把私有制的不合理性艺术地、深刻地表现出来,这就是俄罗斯形式主义所说的艺术不仅是对生活的反映和认识,更是对生活的体验,对生活的艺术表现。

例子之三:特罗耶波尔斯基小说《白比姆黑耳朵》。作者特罗耶波尔斯基(1905—1995)是苏联当代农村题材的作家,代表作是《一个农艺师的札记》。小说《白比姆黑耳朵》写于1971年,获1975年苏联国家文学奖,根据小说改编的同名电影于1977年获苏联最佳影片奖,1980年,其导演、摄影和主要演员均获得列宁奖金。

小说描写了一个饱经战争苦难的退休老人,他晚年过着艰难的、孤苦的生活,和他相依为命的只有一只黑耳朵的小白狗——比姆。比姆对主人体察入微,给老人带来莫大欣慰。后来,老人战争留下的伤口复发,心脏病发作,被送到莫斯科治疗,比姆则留在家中,由邻居大妈帮着照看。比姆不见主人,非常着急,外出四处寻找,跑遍了主人曾经带它去过的地方。在这个寻找主人的过程中,它遇到了很多人,有好人的关心和帮助,也有恶人的歧视、拐卖和迫害,经历了各种悲惨遭遇,最后被恶人诬告为疯狗,受尽折磨而死。主人出院回家后,得知比姆惨死,悲痛地将它埋葬在森林深处,向空中鸣枪四声致哀。

小说通过一条小狗的悲惨遭遇,对社会的丑恶现象进行深刻的揭露和抨击,歌颂了人间的温暖和真情,表现出人间的善恶和世态的炎凉。作家以饱含人道主义的激情,发出消除市侩习气、保护人的美好心灵的呼吁。小说最大的特点是运用陌生化的艺术手法,表现人间的善与恶,人间善与恶不仅通过作家的视角、作家的感受来体现,而且还通过狗的视角,通过一只善良的、无辜的小狗的眼睛来感受和体现。因此,人间的恶就显得更加刺眼,更加可恨,更加令人不能容忍,人间的善也就显得分外温暖,更加动人。在作家笔下,陌生化的艺术手法得到淋漓尽致的展现,也进一步增强了小说动人的艺术感染力。

在作家笔下,比姆是一只优秀的猎犬,它勇敢机灵,嗅觉灵敏;它忠诚可靠,待人善良真诚;它同主人相依为命,"两个朋友相互之间越来越了解了,他俩,一个人和一只狗,彼此爱怜,平等相待"。更重要的是,比姆是一只有独立思想的狗,作家在"主人笔记"中写道:"那朵雪花'象一盏小灯':比姆把兰色只能看成灰色(狗的眼光本来如此)。造化大概是有意造就它来给现实抹黑。你去说服它,说服我亲爱的朋友,让它用人的眼光看待一切试试。把它的头割下来,它还是要坚持按自己的观点。真是一只有独立思维的狗。"[①]在作品中,比姆坚持用自己的眼光、观点来看待人间的善和恶,表现出鲜明的爱与憎。

比姆同主人友好相处、相互帮助,日子过得很愉快。可是当主人有病要住院治疗时,比姆就不得不独自面对一切不幸,体验世态的炎凉。面对这一切,比姆坚持根据狗的天性行事,主人的朋友就是我的朋友,主人的对头也就是我的对头。整天游手好闲

[①] 〔苏〕特罗耶波尔斯基:《白比姆黑耳朵》,苏玲、粟周熊、李文厚译,人民文学出版社1978年版,第28页。

的邻居刁婶来家里诬告比姆咬人,它拒绝伸出爪子同她握手,"这是头一次不听主人的话"。但从此"比姆也结了个仇人:刁婶,所有的人当中比姆唯一不信任的人。狗也知道她是个造谣生事的人"。①在作品中,社会中人与人关系的冷漠、冷酷通过大量琐细的日常生活现象表现出来,其中,像生性不善的诬告小狗的刁婶,像自私而不择手段的灰脸大叔。作品也以极端的形式表现比姆被恶人拐卖和残忍地迫害。其中,被卖到恶人克利姆手中的比姆因为伤残无法替主人追踪猎物,凶恶的克利姆因为花了25卢布买来的狗得不到回报,怒从心中来,他"用尽全力举脚踢向比姆,那重重的皮靴尖从下面踢向比姆的胸部……比姆惨叫了一声。它像人那样地惨叫了一声"。"比姆这时似乎是用人的语言说着,'唔,……这是为什么?!'它毫不理解地、惊恐万状地用那痛苦难忍的凄楚的眼神望着眼前这个人。"从恶人克利姆的眼光看来,小狗是我用钱买来的,不好好干活就得挨毒打,这是天经地义的,这种冷酷无情也是人们习以为常的。但从一只善良、可怜的小狗的视角看来,这一切就显得那么冷酷和不可理喻。透过小狗的视角,私有社会温情脉脉的面纱被无情地撕了下来,揭示出来的是冰冷、冷酷和可怖。

  作品在通过小狗比姆的视角和感受来揭露社会丑恶的同时,也表现了人道主义的激情与社会中人的美好心灵。小说以人和狗的关系隐喻世间的人情,表现人们对相互信任的向往。小说中有一段记载比姆生活的"主人笔记":"近几个月来,比姆不知不觉地进入我的生活,而且占据了牢固的地位。它用什么赢得了我呢?

---

① 〔苏〕特罗耶波尔斯基:《白比姆黑耳朵》,第42页。

用善良、无限信任和爱抚,赢得了我的好意、信任和爱抚,这些情感,如果不夹杂阿谀奉承,总是令人倾心的,一旦夹杂了阿谀奉承,日后就会渐渐变得虚伪起来。阿谀奉承是一种可怕的品质。上帝啊,可别让比姆学会了这一套!"比姆在寻找主人过程中,遭到诬告、迫害,同时也得到了周围善良的人的友爱和同情。作品中对比姆同情和帮助的主要是两种人:孤苦伶仃的老人和纯洁善良的孩子。其中有邻居大婶斯捷潘诺芙娜和她的孙女达莎、工地的工人玛特辽娜、学校的学生托里克和乡下的小孩阿廖沙。在作家看来,"比姆相信人的善良。信任是很有益的一种美德。爱也是一样。狗如果没有这种信任,那就不成其为狗。而成了任性的狼,(或者更糟糕)成了到处游逛的狗"。

如果说陌生化的视角、比姆的视角能让人世间的欺骗、残害显得那么刺眼,让人不能容忍,那么陌生化的视角、比姆的视角也能让人世间的信任和爱显得那么真诚、动人。一次,比姆的朋友、退休老人要离开比姆到莫斯科动手术时,"比姆在担架一旁蹲下,把一只爪子搁在上面。伊凡·伊凡内奇握了握它。'等着,孩子,等着。'比姆可从来还没见过,一滴滴豌豆粒般的泪珠从自己朋友的眼眶里滚了出来"。

另一次是当比姆在车站感到不想活的时候,在战争中失去父亲和丈夫的工人玛特辽娜给它水喝,这时"比姆几乎把手套里装的水全都喝光了,现在它瞥了女人的眼睛一眼,一看就相信她是个好人。于是它舔啊,舔啊,一边舔她那双粗糙而皲裂的大手,一边还舔去她眼里掉出来的泪珠。这样,比姆已经是第二次尝到了人的泪水的滋味:第一次是主人的像豌豆一般大小的泪珠,而这一次,瞧,滴滴泪水饱含着难以忍受的痛苦,在阳光下晶莹透亮,闪烁发光"。①

  老人的泪水、老妇人的泪水,他们的真诚、关心和爱,在日常生活中也十分动人,但作家从一只饱经人间磨难、孤苦伶仃的小狗的视角来表现,就显得更加感人且饱含人道主义的激情。在这里,陌生化作为一种艺术手法揭示了巨大的艺术力量。

---

① 作品引文均见〔苏〕特罗耶波尔斯基《白比姆黑耳朵》。

第九章 小说中的民俗

一、小说民俗事象描写及其艺术功能

民俗是广大民众创造、享用和传承的文化,它同人民生活有密切联系。民俗学作为一门研究民间风俗的学科,也同其他研究人和人的社会生活的学科有密切关系。因此,把民俗和小说联系在一起,把民俗学和文艺学联系在一起,并不奇怪。传统的文艺学在研究小说体裁时,在谈论小说的构成因素、小说的诗意世界时,很少涉及小说中有关民俗事象的描写及其功能,这不能不说是文艺学小说研究的大缺憾,这也是我们研究小说诗意世界构成时关注的一个重要问题。

小说通过艺术形象反映现实生活、表达民众的思想感情和生活理想,而民俗也是民众创造的文化,它也表达着民众的情感和向往,两者都同社会生活有密切联系,同民众思想情感有密切联系,因此在研究小说的艺术世界时,自然会关注小说中民俗事象的描绘以及它在形成小说艺术世界所发挥的功能。这里涉及两个问题,一是小说中民俗事象的描写,二是小说中民俗事象的描写的艺术功能。区别于其他学科对民俗的研究,区别于民俗学和文学史中的民俗研究,我们的研究当然关心民俗事象的描绘本身,但更关注小说中民俗事象的描写所发挥的艺术功能,以及它对小说诗意世界形成所起到的重要作用。

现实生活中,民俗事象是丰富多彩的,它包括人类生活的各个领域,其中有物质生产民俗(农业民俗、渔猎民俗、商业民俗)、物质生活民俗(饮食民俗、服饰民俗、居住建筑民俗)、社会组织民俗(宗教组织、社团社区组织)、岁时节日民俗、人生礼仪民俗(诞生、成年、婚姻、丧葬)、民间信仰民俗、民间科学技术、民间口头文学、民间艺术(民间音乐、民间舞蹈、民间戏曲、民间工艺美术)、民间语言、民间游戏娱乐(游戏、竞技、杂艺)等。

与现实生活中的丰富多彩的民俗事象相适应,中外古今小说中的民俗事象描写,通过作家的艺术加工,更多彩、更生动、更感人。

在俄罗斯小说中,从普希金的《叶甫盖尼·奥涅金》中可以听到奶妈给主人公达吉亚娜讲民间故事;从果戈理的《狄康卡近乡夜话》中可以看到乌克兰的民间风情、民间舞蹈和神灵鬼怪的传说;从托尔斯泰的《战争与和平》中可以看到主人公娜塔莎如何在乡间打猎,如何沉浸在俄罗斯乡间歌舞之中。

在中国古代小说中,从《水浒传》中可以听到江湖好汉的故事,可以看到日常食俗、节日食俗的生动描写;从《红楼梦》中可以看到对祭祖和元宵节日的生动描写,也时常可见民间谚语的巧妙运用;从《聊斋志异》中可以看到作家摇摆于文人的雅文学和民众的俗文学之间,作品中处处可见狐鬼花妖的世界、神仙狐鬼精魅的故事。

在中国现代小说中,鲁迅的小说中有浙江绍兴的民俗风情,有捐门槛和祭祀祖宗的描绘,有反映时代变化的留辫子和剪辫子的"风波",有把人血馒头当药的陋习,也有民间社戏和赛会的风情,更有《补天》《奔月》《理水》《采薇》《铸剑》《出关》《非攻》《起死》等一系列"故事新编"。从老舍的小说中可以看到北京市民社会的风俗世情,其中有《骆驼祥子》中人力车行的风俗,《四世同堂》中民族存亡关头古老城市的众生相,而《正红旗下》则描绘了大清帝国行将灭亡时北京的风俗与世态。沈从文的小说更是一幅描绘湘西地方风土人情的风俗画,其中有湘西的吊脚楼、湘西特异的习俗、世俗的欢乐和爱欲,充满乡土抒情的气氛。

现实生活中的民俗事象和小说中反映的民俗事象确实都很精彩,但从文艺学研究和小说研究的角度来看,不能单纯了解小说中的民俗事象的描写,还要进一步思考小说中的民俗事象描写在小说艺术世界中的位置以及发挥的艺术功能。实际上小说对民俗事象的描写不同于民俗学的民俗事象描写,小说中的民俗事象描写是一种艺术创造,必定要受作家思想观点和艺术观点的影响,必定要渗透作家的思想感情,作者会根据自己的创作构思来选择和表现民俗事象。小说的民俗事象描写是整个小说诗性世界的有机组成部分,它要服从于作家整体的艺术构思,它是同整个小说要表现的生活、思想、人物相联系的,乃至于同整个小说的风格的形成相联系。也就是说,小说中的民俗事象描绘具有表现社会生活、体现民众的思想感情和价值观、塑造人物形象,以及形成地方色彩和民族风格的功能。

首先,小说中民俗事象的描写有利于小说更广阔和更深刻地表现社会生活。如果把社会文化分为上层(文人)、中层(市民)和下层(民间),那么小说中来自中层和下层的民俗事象描写,不仅能更广阔地反映中下层人民的生活,而且能更深刻地扎进中下层人民的生活。我们可以通过小说所描写的物质生产民俗、物质生活民俗、岁时节日民俗以及民间口头文学和民间艺术,了解中下层民众的生活状态和文化生活。

其次,小说中民俗事象的描写有利于小说更好地表现人民的思想感情和愿望。文学艺术属于人民,首先就要扎根于人民群众之中,表现人民的生活和思想。小说通过民俗事象的描写,可以更好地表现人民大众的喜怒哀乐,表现他们的价值观念、智慧、文化志趣和文化追求。例如,通过小说描写的民间节日、民众的节日狂欢,可以看到他们心灵的释放,他们对理想生活的追求;通过其描写的民间信仰故事,可以窥见人民大众的信仰;通过民间的谚语,可以反映出人民大众的价值观和生活智慧。

再次,小说中民俗事象的描写有利于小说更好地塑造人物形象。小说中的人物形象、情感和性格通过种种社会活动展现,而社会活动是多样且丰富多彩的,作家既要通过社会活动,也要通过社会文化活动、民俗活动表现人物。通过参与民俗活动,往往更能展示人物思想情感和人物性格中被掩盖的另一面。例如,托尔斯泰《战争与和平》中的娜塔莎参加上层社会的舞会,展示了她性格的一方面,而参加乡间舞蹈活动,又展示了她性格的另一面。

最后,小说中民俗事象的描绘有利于表现小说的民族风格。小说个人风格的形成是一个作家写作成熟的标志,小说民族风格的形成是一个民族文学成熟的标志。从这个角度讲,小说中关于地方色彩的描写、民俗事象的描绘,对于形成小说的民族风格至关重要。鲁迅在谈到中国新木刻时,给何白涛的信中说:"可以采用外国的构图和刻法,但也应该参考中国旧木刻的构图模样,一面并竭力使人物显出中国人的特点来,使观者一看便知道这是中国人和中国事,在现在,艺术上是要地方色彩的。"①过了不久,他又在给何白涛的信中说:"来函并木刻收到。这幅木刻,我看是好的,很可见中国的特色。我想,现在的世界,环境不同,艺术上也必须有地方色彩,庶不至于千篇一律。"②鲁迅再三提倡艺术的地方色彩,其中就包括民俗事象,他主张艺术应该描写"各地方的风俗,街头风景"③。而鲁迅提倡文学艺术的地方色彩,归根到底是为了表现文学艺术的民族风格,他说:"现在的文学也一样,有地方色彩的,倒容易成为世界的,即为别国所注意。"④应当说,在鲁迅看来,描绘小说的地方色彩和小说的民俗事象是形成小说民族风格的重要因素。

下文以俄罗斯小说、中国古代小说和现代小说为例,具体谈谈民俗事象在小说中的艺术描绘及其艺术功能。

二、俄罗斯小说的民俗描写和功能

19世纪,俄罗斯文学的繁荣和发展同俄罗斯民族的民间文化、民间文学的滋养分不开,许多俄罗斯作家都很重视从民间文学中吸收营养,使自己的作品开出灿烂的艺术之花。

普希金是俄罗斯文学的奠基人,是俄罗斯文学"一切开端的

---

① 鲁迅:《致何白涛》(1933年12月19日),《鲁迅书信集》(上卷),人民文学出版社1976年版,第460页。
② 同上书,第475—476页。
③ 鲁迅:《致陈烟桥》(1934年4月19日),《鲁迅书信集》(上卷),人民文学出版社1976年版,第528页。
④ 同上。

开端",俄罗斯文学重视民间文化、民间文学的传统也是从他开始。普希金从小就如饥似渴地听外祖母、老奶妈讲俄罗斯民间故事,唱俄罗斯民歌,到乡间集市听民歌、看民间舞蹈。同时,他对俄罗斯民间文学进行研究,在他的私人图书馆,有关俄罗斯民间歌曲、谚语、成语和史诗的藏书都很丰富,这些都是他苦心收罗的,说明他对俄罗斯民间文学做过深入研究。高尔基说,普希金是"第一个注意到民间创作并且把它们介绍到文学里来的俄国作家"[①]。普希金的不少作品,如著名的长诗《鲁斯兰与柳德米拉》《渔夫和金鱼的故事》,都是在民间故事的基础上进行的艺术创造。表现普加乔夫农民起义的著名长篇小说《上尉的女儿》也很好地运用了民歌、谚语和民间故事。这些民间文学成分进入小说,对小说主题思想的表达和人物形象的塑造起到了很好的作用。小说中普加乔夫对格里涅夫叙述了一个民间故事:

> 你听我说……我给你讲个故事,是我小时候一个卡尔梅克老婆子讲给我听的。有一次老鹰问乌鸦:"告诉我,乌鸦,为什么你在世上能活三百年,我统共才活三十三年呢?"乌鸦回答他说,"亲爱的,这是因为你喝鲜血,我却吃死尸。"老鹰想了想:"让我也来尝尝死尸。"好。老鹰和乌鸦一起飞走了。这时它们看见一匹死马,就落下来停在死马身上。乌鸦一边吃一边赞不绝口。老鹰啄了一口,又啄了一口,它鼓了鼓翅膀对乌鸦说:"不行,乌鸦兄弟,与其三百年吃死尸,还不如喝足

[①] 〔苏〕高尔基:《俄罗斯文学史》,缪灵珠译,上海译文出版社1979年版,第169页。

一顿鲜血,然后就听凭天意!"你觉得这个卡尔梅克的故事怎么样?①

小说中这段民间故事的插入表明,普加乔夫宁做老鹰不做乌鸦,这生动地表现了农民起义领袖酷爱自由、勇敢豪迈的性格,表达了小说为反对沙皇专制统治的束缚,主张人们不惜用生命去换取自由的深刻含义。

普希金在诗体小说《叶甫盖尼·奥涅金》中除了描写他所熟悉的上层贵族社会的生活风习外,还大量描写了乡间民众社会的民俗风情,像乡村教堂中12岁农奴姑娘含泪的婚礼、满心欢喜在初雪后赶雪橇上路的农民,以及乡间的玛祖卡舞和占卦、刈草、酿酒等活动。所有这些民俗事象综合在一起,更广泛、深刻地反映了那个时代的生活风貌,正是在这个意义上,别林斯基称普希金的这部诗体小说为"俄国生活的百科全书和高度人民性的作品"②。普希金在这部诗体小说中还充分借用民俗事象的描写来刻画和丰富人物形象,小说的女主人公达吉亚娜从小生活在乡间,生活在奶妈和女仆中间,她经常听她们讲述世代相传的民间故事,她总是在拂晓之前起来迎接朝霞,在大自然的怀抱中成长。乡间的自然风景和民俗文化养成她纯朴、真诚的性格,即使后来她到了彼得堡,最终还是讨厌"上流社会的生活",甘愿舍弃"一切豪华、纷乱和乌烟瘴气",仍然向往乡下自然风光,怀念死去

---

① 〔俄〕普希金:《上尉的女儿》,磊然译,见《普希金小说戏剧选》,人民文学出版社1994年版,第664—665页。
② 《别林斯基选集》(第四卷),满涛、辛未艾译,上海译文出版社1991年版,第628页。

的奶妈。

　　果戈理是普希金之后又一位善于运用民间文学素材进行小说创作的作家。他从小受到乌克兰民俗风情和丰富多彩的民间故事、歌谣和传说的熏陶，这对于他后来的创作产生重要影响。果戈理到了彼得堡以后，受欧洲民间文学热和普希金的引导，开始重视乌克兰故乡的民俗，他一方面向母亲询问有关乌克兰民俗的种种细节，同时回忆、整理自己童年和少年时的记忆。1830年，果戈理写出第一篇乌克兰故事《巴萨甫留克·又名圣约翰节前夜》，并在《祖国纪事》杂志发表。后来又于1830年和1831年，先后出版了反映乌克兰民间风情的小说集《狄康卡近乡夜话》第一集和第二集。他的这部小说凭借乡土民俗色彩、浪漫主义情怀和幽默格调，吸引了广大读者，受到文坛的重视。普希金看完后曾激动地说："我刚才读了《狄康卡近乡夜话》。它使我惊讶。这才是真正的欢乐，真挚的、不受拘束的、没有矫饰、没有矜持的欢乐。有些地方是什么样的诗意！什么样的感受！这一切在我们今天的文学中是这样地卓越不凡，使我直到现在还没有清醒过来。"[1] 别林斯基说这部小说是"小俄罗斯的诗意的素描，充满生命和魅力的素描"[2]。《夜话》包括八篇故事，通过讲故事的养蜂人鲁得·潘柯串连在一起。小说以乌克兰民俗风情和民间创作为基础，将乌克兰民间生活的生动描绘和有关神灵鬼怪的传说融合在一起，全书呈现出鲜明的地方色彩和民族风格。作家认为，他对民间生活风俗的描绘旨在表现民族精神，他在1832年的一篇论文中曾说："真

---

[1] 〔俄〕果戈理等：《文学的战斗传统》，满涛译，新文艺出版社1953年版，第89页。
[2] 《别林斯基选集》（第一卷），满涛译，上海译文出版社1979年版，第198页。

正的民族性不在于描绘农妇穿的无袖长衫,而在于表现民族精神本身。"①《夜话》就是通过民间生活和风俗的描绘,展现乌克兰人民的生活理想和道德观念。《索罗庆采市集》和《五月的夜》讲述了农村青年哥萨克如何战胜凶狠继母的阻挠,又战胜村长的干扰,终于获得美好的爱情,赞颂了青春和爱情。《圣诞节前夜》描写勤劳诚实的铁匠忠诚地信奉基督,最后终于制服了魔鬼,得到了幸福,反映了民众善有善报、恶有恶报和嫉恶如仇的传统道德观念。

　　托尔斯泰是一个出身于贵族的作家,但他一生的生活和创作同人民有着密不可分的联系,他背叛了自己出身的贵族阶级,站到了农民的立场上。他在农村为农民子弟办学校,编识字课本;自己亲自下地劳动;在城里参加户口调查活动,深入城市中下层的生活;参加赈济受灾农民的活动。从他的创作与民间习俗、民间文学的关系来看,首先,他很重视向人民的口头创作学习,他在1862年的《是谁向谁学习写作,是农民孩子向我们学习,还是我们向农民孩子学习?》中说:"很久以来,读斯涅吉列夫编的谚语集对我来说简直不是读书,而是一种享受。读每一句谚语我都仿佛看到百姓中一些人的面孔以及他们按谚语辞义的亮相。我有为数很多的未曾实现的构思,以谚语为题材,时而想写一些中篇小说,时而想写一些场景。"②托尔斯泰夫人也回忆说:"列夫·尼古拉耶维奇认为自己的俄语远不够好和不丰富,他一心要在今年夏天到老百姓中间去学习语言。他找过路人、香客、云游派教徒谈话,不断往小

---

① 《果戈理文集》(第6卷),俄文版,莫斯科文学出版社1953年版,第34页。
② 〔俄〕列夫·托尔斯泰:《列夫·托尔斯泰论创作》,戴启篁译,第41页。

本本里记录老百姓的口语、谚语、思想和特殊表达法。"① 其次，托尔斯泰也重视通过民间习俗、民间文化的描绘，来表现作品中的人物形象。在长篇小说《战争与和平》中，为了突出主人公娜塔莎纯洁、真挚的诗一般的内心世界和青春的活力，他在小说中特别突出了她同俄罗斯大自然、民间文化的血肉联系。在他看来，娜塔莎身上一切美好的东西不是来自上层贵族的舞会、剧场和沙龙，也不是来自贵族的文化，而是来自乡间的、下层的民间文化。小说中写到她到乡下伯父家度过的乡间生活是令她难忘的经历。在那里有村子打谷场，有老橡树，有无尽的田野，有丰盛的民间晚餐，处处洋溢着俄罗斯民间文化的气息。娜塔莎一到村里，很快就投入其中，她同大家一起骑马、打猎，简直像个男子汉。她不仅能在晚会上欣赏真正的俄罗斯民间舞蹈，而且能当场表演舞蹈，表现出俄罗斯民间舞蹈的神韵和色彩。小说是这样描写的："这正是大叔所期待于她的那种学不来教不会的俄罗斯的精神和舞姿……她做得正象那么回事，而且是那么地道，简直丝毫不爽，阿尼西娅·费奥多罗夫娜立刻递给她一条为了做得更好必不可少的手帕，她透过笑声流出了眼泪：这个陌生的有教养的伯爵小姐，身材纤细，举止文雅，满身绫罗绸缎，竟能体会到阿尼西娅的内心世界，以及阿尼西娅的父亲、婶婶、大娘，每一个俄罗斯人的内心世界。"② 托尔斯泰通过这些描写，向我们揭示了娜塔莎这个少女形象的人民根基和俄罗斯民族文化根基，也揭示了文学同民俗的血肉联系。

---

① 〔俄〕列夫·托尔斯泰：《列夫·托尔斯泰论创作》，戴启篁译，第43页。
② 《战争与和平》(二)，《列夫·托尔斯泰文集》（第六卷），刘辽逸译，第308页。

三、中国古代小说的民俗描写和功能

在我国明清两代,随着社会经济的发展、市民阶层的出现、俗文化的兴起,小说创作空前繁荣。择其要者,明代有《三国演义》《水浒传》《西游记》和《金瓶梅》,清代有《聊斋志异》《儒林外史》和《红楼梦》,这些小说把中国古代小说的发展推向高峰,而这些小说有一个共同特点,那就是小说的创作都同民间文化、民俗事象和民间故事有密切联系。他们的小说或是直接来自民间传说故事,或是融进了许多民俗事象、民俗文化。前者如《三国演义》《水浒传》和《西游记》。在陈寿的《三国志》和裴松之的注里就包含着许多生动的民间故事,后来三国故事在民间不断流传。隋炀帝看的水上杂技,就有曹操谯水击蛟、刘备檀溪跃马的内容。而苏轼《志林》载:"王彭尝云:涂巷中小儿薄劣,其家所厌苦,辄与钱,令聚坐听说古话。至说三国事,闻刘玄德败,颦蹙有出涕者;闻曹操败,即喜唱快。"《水浒传》所写宋江起义,在《宋史》中虽有提及却不多,但从南宋起,宋江的故事就在民间流传,宋末元初人龚开作的《宋江三十六人赞》一书,已完整地记录了36人的姓名和绰号,并作序说:"宋江事见于街谈巷语,不足采著。"而《大宋宣和遗事》则写了杨志卖刀、智取生辰纲、宋江杀惜、张叔夜招安、征方腊、宋江受封节度使等故事。《西游记》的成事也经历了一个不断演化的过程,玄奘取经原是唐代一个真实的历史事件,玄奘归国后他奉诏口述所见所闻,由门徒辩机辑录成《大唐西域记》,此书就以佛教心理描绘了许多传记故事。玄奘的弟子慧立、彦悰撰写的《大慈恩寺三藏法师传》也用夸张神化的笔调穿插了一些离奇故事。唐代末年的一些笔记如《独异志》《大唐新语》等也记录了玄奘取经的神奇故事。《聊斋志异》的作者蒲松龄的文学生涯也摇摆于文人的雅文学和民间的俗文学之间。他自谓"喜人谈鬼""雅爱搜神",从青年时期便热衷记述奇闻异事、写作狐鬼故事,他的小说中狐鬼世界的建构也是来自民间故事。与《三国演义》《水浒传》《西游记》《聊斋志异》不同,《儒林外史》和《红楼梦》的作者吴敬梓和曹雪芹出身上层,后由富贵跌到贫困,他们的作品虽然更多表现作者自身的生活体验,具有作家强烈的个性色彩,但仍然同民间生活、民俗文化有密切联系,小说中也有许多民俗事象的描写。

在中国古代小说中,《水浒传》同民俗、民间故事的关联最为密切,它所表现的农民起义和英雄传奇故事大都来自民间故事和民间传说。作家正是依靠这些民间故事和民间传说突破历史事实的局限,跳出帝王将相的圈子,将目光转向传奇的英雄本身,转向民间的日常生活和普通的人。作家通过民间的故事叙述,塑造民间英雄好汉,表现宋代社会的面貌和社会生产生活的民俗和精神信仰,表现人民大众的思想感情和价值观。比如,小说中的"鲁提辖拳打镇关西""鲁智深大闹野猪林"等情节都来自民间故事,表现了梁山好汉见义勇为的侠义精神,而"吴用智取生辰纲""花和尚倒拔垂杨柳"一类的民间故事则表现了梁山好汉重朋友、讲义气的道德理想。小说中众多人物的诨号,作为一种民间称谓,也反映了民俗和民间文化,成为一种刻画人物的独特的艺术手段,发挥了独特的艺术功能。小说用人物的诨号来描述人物的外貌、技能和性格,比如"及时雨宋江",表现宋江爱结交江湖好汉,急公好义,乐于助人,把他比作天上下的及时雨。比如"黑旋风李逵",一是形容他的外貌,是个"黑凛凛的大汉",二是表现他的勇猛。有意思的是,这些来自民间的诨号体现了人物的外貌和性格,而且小说也通过赋予人物诨号,展现了一种超现实能量的神奇色彩。比如鲁智深倒拔垂杨柳,寄托了民众的生活理想和审美理想。除了故事和诨号,《水浒传》中也有许多生活习惯和节日习俗的描绘,这些描写可以帮助读者了解那个时代的社会生活和民间风俗。其中,关于元宵节的描写最多,如第三十三回"宋江夜看小鳌山","土地大王庙前扎缚起一座小鳌山,上面结采悬花,张挂五七百碗花灯。土地大王庙内,逞应诸般社火。家家门前扎起灯棚,赛悬灯火。市镇上,诸行百艺都有。虽然比不得京师,只此也是人间天上"。① 又如第七十二回"李逵元夜闹东京":"四个人杂在社火队里,取路哄入封丘门来,遍玩六街三市,果然夜暖风和,正好游戏。转过马行街来,家家门前扎缚灯棚,赛悬灯火,照耀如同白日。正是:楼台上下火照火,车马往来人看人。"② 小说中这两段元宵节日的描写,展现了民间节日的盛景和民众节日狂欢的体验,民众正是通过这种有别于日常生活的"第二种生活",这种节日的狂欢,释放自己的情感,追求自己的生活理想。

  与《水浒传》不同,《红楼梦》主要描写的是上层贵族的生活,它化用民间故事的内容不像《水浒传》那么集中(当然,其中也有炼石补天、贾宝玉神游太虚境的故事),主要是民俗事象的描绘,其中如对节日风俗事象的描绘,如民间语言、民间俗语、谚语的运用。《红楼梦》中有关民俗描绘的一大特点是,将民俗事象的描绘同小

---

① [明]施耐庵:《水浒传》(中),第444页。
② [明]施耐庵:《水浒传》(下),人民文学出版社1975年版,第993页。

说的情节发展和人物性格表现高度融合,这是小说艺术成熟的重要表现。在第五十回"芦雪庭争联即景诗,暖香坞雅制春灯谜"和第五十三回"宁国府除夕祭宗祠,荣国府元宵开夜宴"中,可以看到有关祭祖、元宵节和猜灯谜等民俗事象的描写,而这些民俗事象的描绘都是扣紧社会生活和人物形象的表现。第五十三回先写了宁国府上上下下忙着年前祭祖,其中有春祭领恩赏、黑山村乌庄头来交钱粮和贡品,有荣国府送来祭物,有族中各子弟来领取年物,有两府中都换了门神、联对、挂牌、新油的桃符,有贾政、贾赦主祭仪式。后来又写了元宵节,有赏灯、吃酒,有唱戏、放炮仗,有上人的欢乐、下人的连日辛苦。小说在写节日民俗时,除了描写节日民俗的种种活动,更重要的是从中表现宁国府和荣国府的上层生活情景和各色人物之间的复杂关系。

《红楼梦》同民俗的关联,一方面表现节日风俗,另一方面是对民间语言的运用。小说作者是语言大师,他以北方口语为基础,融汇了古典书面语言的精粹,又吸收了生动的民间口语,两种语言的交汇,是雅俗语言的成功交汇,使语言运用达到了炉火纯青的地步,其中民间谚语的使用对小说的艺术表现起到很大作用。据统计,小说中所引用的民间谚语的数量,仅在"假语村言"中就有百条。[①]其中如"朝廷还有三门穷亲戚呢""忍得一时忿,终身无恼闷""治了病治不了命""没吃过猪肉,也看见过猪跑""丈八的灯台,照见人家,照不见自己""牛不喝水强按头""明是一盆火,暗是一把刀""妻贤夫祸少"等,都很精彩。小说所引用的这些民间

---

① 这部分的资料和分析参考了董晓萍《跨文化民间文学十六讲》,商务印书馆2022年版,第361—370页。

第九章　小说中的民俗

谚语生动地反映出民众的智慧,囊括社会生活的各个方面,将其融入小说,也有助于表现作品的思想内容和人物性格。《红楼梦》第六十五回"贾二舍偷娶尤二姨,尤三姐思嫁柳二郎"中,贾珍打尤三姐的主意,贾琏见状,便故意戏弄尤三姐。他笑嘻嘻地让尤三姐和贾珍喝交杯酒,尤三姐听了这话,马上跳起来,站在炕上,指着贾琏冷笑道:

> 你不用和我花马吊嘴的,清水下杂面,你吃我看见,见提着影戏人子上场,好歹别戳破这层纸儿。你别油蒙了心,打谅我们不知道你府上的事。这会子花了几个臭钱,你们哥儿俩拿着我们姐儿两个权当粉头来取乐儿,你们就打错了算盘了。我也知道你那老婆太难缠,如今把我姐姐拐了来做二房,偷来的锣儿敲不得。我也要会会那凤奶奶去,看他是几个脑袋几只手。若大家好取和便罢;倘若有一点叫人过不去,我有本事先把你两个的牛黄狗宝掏了出来,再和那泼妇拼了这命,也不算是尤三姑奶奶!喝酒怕什么,咱们就喝! ①

尤三姐在这段对话中,接连用了好几个谚语教训两个公子哥,这些谚语的运用表现了人物之间复杂的人际关系,更是突出表现了尤三姐的快人快语和刚烈的性格。小说中民间谚语的运用和故事情节的展开、人物性格的塑造,完全融为一体,曹雪芹在《红楼梦》中对民间语言的运用,可以说达到了一个新的境界。

---

① [清]曹雪芹、高鹗:《红楼梦》(下),第908页。

四、中国现代文学的民俗描写和功能

中国现代文学对民间口头文学的重视,并在小说中表现民俗事象,是同五四新文化运动相联系的。新文化运动重视下层文化,在新文化运动的影响下,一批学者和作家从事民间歌谣和民间故事的搜集和研究,同时,作家们也开始在自己的小说中表现民俗事象,关注民间的生活和民众的思想。

作为新文化运动的旗手,鲁迅很关心民间文学和民俗文化,他常在小说中通过民俗事象来表现时代的变化和乡土风情,他也通过民间传说,以"故事新编"的方式表达对现实问题的看法。他在小说《药》里,写的虽然是民间人血馒头治病的陋习,却把华老栓夫妇为了医治儿子病时表现出的无知,通过"药"——蘸着革命者鲜血的馒头——联结起来,深刻地揭示了革命者与群众的隔膜与资产阶级旧民主主义革命的悲剧。小说《头发的故事》和《风波》写的虽然是留辫子和剪辫子这些穿衣戴帽、缠足发型一类的民俗,却生动地反映了时代的变化、政治观念的变化。小说《头发的故事》中的主人公N无限感慨地说:"老兄,你可知道头发是我们中国人的宝贝和冤家,古今来多少人在这上头吃些毫无价值的苦呵!""我不知道有多少中国人只因为这不痛不痒的头发而吃苦,受难,灭亡。"小说《风波》写的是辛亥革命和张勋复辟这段历史在农村引起的"辫子风波"。七斤听说皇帝又要坐龙庭,要皇恩大赦了,"叹一口气,说,'我没有辫子。'"茂源酒店老板赵七爷在辛亥革命以后"便将辫子盘在顶上,像道士一般",一听皇帝又要坐龙庭了,马上"变成光滑头皮,乌黑发顶",等皇帝不坐龙庭了,"辫子又盘在顶上了"。在鲁迅笔下,一条小小的辫子,既反映了历史的演变,也反映了时代的脉动,我们不能不叹服鲁迅是通过民俗的描写来表现时代风貌的高手。鲁迅在《故事新编》中还成功地运用历史传说、民间故事写成八篇历史小说,即《补天》《奔月》《理水》《采薇》《铸剑》《出关》《非攻》《起死》,表现他对现实问题的看法。在这些小说中,鲁迅以历史传说和民间故事为基础来表现历史,既坚持真实的原则,又大胆发挥想象,将历史传统、民间故事和现实问题熔为一炉,不仅表现了中国人民优良的战斗传统,还有强烈的现实批判性,也是运用历史传说、民间故事参与现实斗争的范例。

鲁迅除了通过民俗事象和民间传说故事表现时代的变化和自己的观点,还在他的小说中用儿童视角,带着温馨的情感,深情地描写故乡的民俗风情。他在《故乡》和《从百草园到三味书屋》中描写了在故乡的小伙伴闰土讲刺猹和捕鸟的故事,如何同小伙伴神游"有无限趣味"的百草园。他在《社戏》《五猖会》和《无常》中描写的观看民间戏曲和民间赛会的情景更是令人神往。相比在京城戏园里看大戏,他更喜欢在乡间乘船去看"很好的好戏",说"在野外散漫的所在,远远的看起来,也自有他的风致"。这里不仅有观看地方戏曲的乐趣,还有小伙伴们一起乘船途中偷罗汉豆煮着吃的愉快体验。而乘船到60里外的东关看五猖会——迎神赛会——也给他留下了深刻记忆。在由人所扮演的众鬼神中,鲁迅唯独喜欢红红绿绿中浑身雪白的活无常,他说:"人民之于鬼物,惟独与他最为稔熟,也最为亲密,平时也常常可以遇见他。"为什么呢?因为"他不但活泼而诙谐",还"爽直,爱发议论,有人情,——

要寻真实的朋友,倒还是他妥当"。无常虽是鬼神,但从鲁迅的描绘和评价中可以看出,他对民俗事象的描绘总是代表民众的情感和价值观。他深情地说:"我至今还确凿记得,在故乡时候,和'下等人'一同,常常这样高兴地正视过这鬼而人,理而情,可怖而可爱的无常;而且欣赏他脸上的哭或笑,口头的硬语与谐谈……。"①

在现代小说家中,老舍也是同民俗关联最为密切的一位,他出身贫民家庭,从小就熟悉城市下层贫民的生活,喜爱流传于市井的传统民间艺术。他早期的作品《老张的哲学》(1926)、《赵子曰》(1926)、《二马》(1929)文笔轻松酣畅,善于刻画下层市民的生活和心理,富有北京地方色彩。之后的《牛天赐传》(1934)、《月牙儿》(1935)、《我这一辈子》(1937),都描写了街头巷尾市井贫民的生活和心理。1936年发表的长篇小说《骆驼祥子》,更是描写了一个年轻好强、充满生命活力的人力车夫不断奋斗、挣扎却最终失败的故事,表现出作家对城市下层贫民的同情。1944年创作的长篇小说《四世同堂》描写了民族存亡关头北京这座古老城市的众生相和他们的心理冲突和觉醒。1946年创作的《鼓书艺人》,叙述的是抗战风暴中旧式艺人追求新生活的故事。解放后,老舍最成功的作品是《茶馆》(1957)和《正红旗下》(1961—1962,未完)。前者写出了从清末到国民党崩溃前多半个世纪的生活场景,后者写出了旗人在社会大动荡中的分化和没落,描绘了大清帝国即将灭亡之前的五光十色的社会风情。两部作品都充分发挥了老舍作为北京风俗世态作家的特长。老舍的作品大多取材于下层市民的生活,他喜欢从日常生活的平凡场景表现社会生活,表现他们在民

---

① 《鲁迅全集》(第二卷),第244—245页、第250—251页。

族矛盾和阶级斗争中的命运，并深入民族精神之中。同时，他又善于吸收民间文艺、民间语言的养分，使作品具有大众化、通俗性和民族色彩。老舍是现代中国文坛上一位杰出的，善于表现风俗、世态（尤其是北京的风土人情）的作家。

在中国现代文学中，最善于将民俗风情融入小说之中的作家是沈从文。他是湘西凤凰土家族苗族自治州人，他的小说以自己故乡的生活和风俗人情为源泉，以抒情笔调对湘西少数民族和沅水流域的船夫、水夫的命运做了富有地方色彩的描写，创造出反映湘西地方风土人情的风俗画。他的小说不仅善于表现湘西的吊脚楼，湘西的婚丧节庆等地方风俗以及湘西的自然风光，而且还善于通过民俗事象的描写，与所谓的"城市文明"相对照，竭力表现乡间自然的美和风俗的美，揭示和赞美少数民族和边地人民的蛮性力量和粗犷放纵的强悍气质，从中发现"健全的人性"。他的作品向往一种健康的世态、富有人情美和心灵美的人与人的关系，恢复被"城市文明"污染、泯灭了的人性，表现这种思想倾向的小说有《柏子》《虎雏》和《边城》等。他的小说通过富有地方色彩的风俗和世态人情的描绘，营造出乡土抒情的气氛，充满诗情画意，但又不限于此，他通过这些描写又竭力表现出"现代中国"与"中国文化"的深刻精神联系。读沈从文的小说，如果只学其民俗风情的描绘，只学诗情画意的意境，而不关注这些描绘所显示出的现代感和精神魅力，那便是没有真正读懂沈从文小说中民俗事象的真正意义。

无论是鲁迅也好，老舍和沈从文也好，我们看重的不仅是他们小说中精彩的民俗事象的描写，更是要看到他们透过这些描写所表现出的民族精神和现代意识。

后　记

长期从事文学理论的教学和研究，回过头来看，最大的问题是不能真正贴近文学作品本身，往往只是用一大堆理论来套作品，自己讲得很干巴，学生听来也无趣。后来，有机会看到黄药眠老师于1950年代所写的《论小说中人物的登场》，才猛然发现我们平常那套作品分析离小说的诗性世界还有很大距离，小说中许多主要构成因素我们并没有触及。

于是，我就开始按照老师的路子分析以往不被看重的小说的场面，后来又从跨文化的角度分析了小说的声调、小说的色彩、小说的时空和小说的民俗等因素，并把其中的一部分内容讲给学生听，结果竟然受到学生的欢迎。

经过一定的积累，于是就有了这本《小说的诗性世界——跨文化中俄小说研究》。北京师范大学跨文化研究院院长董晓萍教授看了也很感兴趣，决定支持出版，对此我衷心感谢。这本书只是从跨文化的角度对小说的诗性世界中以往不被重视的构成因素进行一种新的探索，内容不求系统、全面，只求有新的发现、新的感悟、新的阐释，希望同行和读者提出批评和建议，共同把小说诗性世界的探寻做细、做深。

此外，吕红峰承担了书稿的电脑录入工作，在此一并表示感谢。

程正民

2023年1月